三民叢刊 232

懷沙集

止庵 著

三民書局印行

題記

我一直打算出版一本《懷沙集》——收入什麼文章倒無所謂，單單為的這個題目。這當然首先讓人想到楚辭同名之作，不過原本不敢攀附，我也絕無自沉之念，況且一向不大喜歡〈懷沙〉的意思。其中好像太多抱怨，也就未免對現實太過期待了。我承認不是這一路人，雖然並非不問世事。那麼何以要取名「懷沙」呢？——我的想法很樸素，乃是借此表達對父親沙鷗先生的一點懷念。父親是詩人，去世於今已經六年多了。他一度彷彿寫〈懷沙〉的屈子；及至最後作〈尋人記〉，卻轉為關注人生，沉鬱頓挫，感慨極深，雖然說來也是「舒憂娛哀兮，限之以大故」，——講到這裡，我忽然覺得對兩千年前徘徊於汨羅之濱的詩人不無理解，蓋人之將死，其言也哀也。

止庵

二○○一年三月十六日

止庵說

《莊子・德充符》云：

「人莫鑑於流水而鑑於止水，唯止能止眾止。」

我喜歡這個意思，後來寫文章就取它作筆名。我是想時時告誡自己要清醒，不囂張，悠著點兒。

「軒」、「堂」、「齋」等對我來說都嫌過於隆重，我想像中讀書的所在只是一處「庵」——荒涼裏那麼一個小草棚子而已。

一九九四年十月十一日

懷沙集

目次

題記
止庵說
輯一
003 我的父親
007 最後的日子
019 《樗下隨筆》書後
023 記若影師
028 豆棚瓜架

032 師友之間
061 我的哥哥
065 我的朋友過士行
073 西施的結局
081 在死與死之間
092 朱安的意思

輯二

099 生死問題
106 談疾病
110 死者
115 己所欲
122 托爾斯泰之死

126 在韋桑島
134 關於關燈
138 真的研究
142 善與美合論
147 讀書漫談
151 莫札特與我
155 思想問題

輯三

169 就文論文談胡適
174 關於錢玄同
178 關於劉半農
182 關於「周氏兄弟」

188 周作人與《太陽の季節》
193 關於徐志摩
197 廢名的散文
203 阿賴耶識論
208 散文家浦江青
213 滄州前後集
217 再看張
221 反浪漫
226 日本文學與我
235 美的極端體驗者
242 川端文學之美
246 談溫柔
251 喜劇作家

255 卡夫卡與我
259 博爾赫斯與我
263 距離或絕望
267 一支沒有射擊的槍
271 局外人與局
275 有關「可能發生的事」
280 現代繪畫與我
292 談抄書
296 關於標點符號
300 自己的文章

一　輯

我的父親

父親去世不到一天，我忽然完全明白他是怎樣一個人，已經晚了。我再也來不及把我的想法告訴給他。父親去世了，我感到痛惜的地方有許多，要從感情上講最難受的還是沒有能夠與他單獨進行一次真正是我們兩個人之間的傾談，那樣我就可以對他講其實我是理解他的。父親一生坎坷甚多，或許這對他能夠有所安慰，他告別這個世界的時候就能感覺好一點兒。他去世前一天我最後與他說的話是問他一生總是那麼不高興，這是怎麼回事。他說他也不知道。我就沒再說下去。我真後悔為什麼不能再努力一下。其實我並不需要聽他說些什麼，我只是應該告訴他我的想法。我相信在內心深處，他是期待有人——也許是我——對他講這樣一番話的，而終於就沒有人說。我想父親是度過了孤獨的一生。我應該對他說的話，說了，就是說了，就像我們一生中應該做的任何一件事；

沒有說或者沒有做，就不再有說或做的可能。父親去世以後，我一天又一天地回想他，可是他活著的時候我與他多在一起待一分鐘，那才是屬於我們兩個人的一分鐘。我是一個唯物論者，我所有的悲哀也正是唯物論者的悲哀：父親離開了這個世界，如同一切故去的人一樣，並沒有去到另外一個世界，我永遠不再有與他交談的機會，無論我活著，還是我死。而我從此就要進入永遠也沒有他的生活，這對我來說，是最殘酷的事情。我也只能忍受。

父親不在了，他的生命轉化為他留下的作品，大家對他的記憶，乃至我自己今後的人生。父親寫了五十五年的詩，但我認為只是到了他一生中的最後幾年裏，他才真正找到了一種方式，把他生命中最重要的一部分完整地記錄下來，這是單獨為他所有的方式，也是非常完美的方式。每一個字都是推敲得來，要像讀古詩那樣細細品味。他把作為一個人與這個世界的關係放入詩中「我」與「你」的關係裏了；在他與世界的關係中，他把他這方面所能提供的都提供了，雖然他沒有來得及等到從這個世界傳來他所期待著的那種回音。這就是收入他的兩部詩集《一個花蔭中的女人》（一九九二）和《尋人記》（一九九四）中從〈雨季情詩〉到〈遠方夢〉這六組詩，從這裏可以看出他在現實中是怎樣地幻想，他的幻想又是怎樣一次次地破滅。而此後那由一百首詩組成的〈尋人記〉，則是以詩的形式追憶逝水年華，他的一生在此已經交待完畢。父親說：「〈尋人記〉是我一生中最重要的作品」。他患病之後主要做的一件事就是完成了這組詩，當時我們倆都多少鬆了一口氣。最後的兩個月裏，他收到重慶出版社傅天琳女士寄來的《尋人記》樣書，這對他是一種慰藉罷。我想父親作為一個詩人，他是完成了的。去世前二十四天他突然大量嘔血，搶救過來，他說還要寫一組詩，總題目叫做〈無限江山〉，題詞用李後主的「無限江山，別時容易見時難」。已不能執筆，口述由我筆錄。記得一盞昏黃的燈照著他，病房裏只有我們兩個人，窗外是黑暗的夜，他的聲音艱難有如掙扎，斷斷續續。這組詩沒有完成，最後一首〈松花江夕照〉是寫在去世前兩天。在這裏他表達了對逝去的生命的無限依戀，此外我還隱約感到作為一個詩人他對自己的才華是有充分自信的。

父親活著，他是一切都要「好」的；他真正把寫詩當成一種藝術，所以在他一生中不斷對此加以研究。最後十幾年裏他一直都在準備寫一部題為《寫詩論》的書，他說關於新詩還沒有這麼一本書，而且對讀者和寫詩的人都能有些用處。一九九三年一月他給我來信就說過：「一切觀點都較穩定，是寫這本書的時候了。可以自成一個體系。」這是父親一生打算做的最主要的事情之一，但到底沒有做出來，我想還是因為缺乏鼓勵的緣故。他去世了，他的苦樂榮辱都隨之而去，只有這一點在我心裏永遠是個不可彌補的殘缺。去世前一個半月，他最終擬定了目錄，就沒有力氣動筆了。從前他說要寫三十萬字，這回減為二十萬字，後來又說有十幾萬字也就夠了，最後他打算口述給我各章的要點，以後爭取由我敷衍成篇，可就是這個也沒有能夠實行。我們都一天天地感到生命是一天天地在離開他。有一天他突然哭著對我說，《寫詩論》是寫不出來了。……我由此知道所謂人生就是盡可能在生命結束那一刻減少一些遺憾：對自己的遺憾，對別人的遺憾，還有別人對你的遺憾。

一九九五年一月十二日

7 最後的日子

最後的日子

那片霧散盡了
冬天真的來了

這是我父親沙鷗先生得知自己罹患肝癌兩個月後寫的一首題為〈夜航〉的詩中的兩句。那是九月份，當然不是寫實的；「冬天」一詞是他對自己生命的真切感受。父親一生中最後的日子就這樣突然來到了。他的病發現時已經是晚期，醫生說過只能再活兩三個月。姐姐和我把他接到北京，其實我們（包括他自己在內）所做的也只是把這段時間盡量延長一點而已。我就是學醫出身，至少對我來說，「死」始終是在心上籠罩不散的陰影。這樣過了一年多，病勢終於惡化了。他自己最後一次去看病，我坐在桌子的另一端，忽然從他的眼睛裏看見一種被什麼所驚擾的神情，當時我想如果真有死神的話，那它就站在我父親的對面。那眼神是莫名的，也是無辜的——人的生命在巨大的「死」面前，彷彿是在「動物世界」裏看到過的被獵豹撲倒的一隻幼鹿。我明白這回我真的要永遠失去我的父親了。無論我們再做什麼，也是沒有用了。父親自己也感到了這一點，他對我說：「我想這個病可能最後會很疼的，還是有點事情做好，可以分散注意力。」就在那時他重新修訂了幾個月前草擬的《寫詩論》目錄，這本書他醞釀了十幾年，一直沒有動筆，這回他下決心寫了。這是他一生都想做的事情，我知道他也是覺得再不做就不再有機會做了。我們想出幾種抓緊時間做成這件事的辦法，然而他再沒有力氣拿筆，甚至沒有力氣口述給我了，一切都已經太晚了。他的死來得太快，太決絕，就連這個最後的機會也沒有給他。

父親去世前一個月詩人梁上泉來探望他，問到病情，他說：「不行了，反正誰也違抗不了自然規律，去就去罷！」他也曾對我說過「沒有什麼」之類的話。但是他去世後我想，雖然人無不死，「死」對人人其實並不相同，因為不同的人對「生」有不同的感受。這樣的說法未免自私，我是覺得對於父親來說，面臨生命永遠結束那一刻可能就更難一些；關於他我總想到張岱的〈自為墓誌銘〉，父親這個人實在太愛生活了，而且這是一種對日常生活本身的美學意義上的熱愛。對此我曾寫過這樣的話：「父親活著，他是一切都要『好』的……」後來我參加了黑龍江作協舉行的追悼他的座談會，很多人都講到曾被他招待飯食，說那真是美好的回憶。父親會做菜，到了專門成家的程度；他也愛吃。他病情惡化後幾乎不能進食，在床頭放著的是幾本譚家菜、四川菜的菜譜，這差不多是他最後的讀物。這也是只有他才能體會到的樂趣。他曾經以很難想像的毅力與疾病搏鬥，他最後的一年半差不多都是在一次次化療、因化療而引起的發燒和一碗接一碗地喝湯藥的日子裏度過的，大概支撐他的也就是這點生意罷。在他病中寫的〈從《故鄉》到《尋人記》〉一文中說：「我渴望著我的生命中還會有一個春天。」然而這生的渴望不能實現。他生命的最後幾天，在醫院裏晚上都是靠吃安眠藥入睡的——讓他這樣的人在黑暗中去冥想即將來臨的永恆的黑暗，真是太殘酷了。

父親是個喜歡熱鬧的人。我在他生前為他的《失戀者》寫的序中說：「他也還不能算是那種『自我關注者』，若拿入世出世來界定，恐怕還是當歸入入世一派罷。」但是雖然早知道了這一點，我也不能不沉重地回想起他最後在家裏養病的這段日子實在是很寂寞。他不斷地給各地的親友寫信，如果接到回信對他來說就非常愉快。有朋友來訪也是如此。他最後來往最密切的是中國社科院專門從事新詩版本研究的劉福春，父親對他甘於淡泊的敬業精神極表欣賞，很喜歡和他交談。有一次他說要來而不知為什麼沒來，父親一次次到大門外去等候，直到天黑下來才回到家裏。他很喜歡看電視，我當時曾埋怨這未免浪費時間，因為知道他時間已經不多，應該用這時間多寫點什麼，但是他最後一年寫的組詩〈啞弦〉就是取材於所看的電視內容，只是他在詩中把原始素材都隱去了。對於病臥家中的父親來說，電視大約是他與他所關注的世界一聲一息的最後聯繫罷。他在病中還為從前寫的愛情組詩〈給你〉、〈寄遠方〉、〈夢的畫像〉和〈遠方夢〉寫了續篇，那些詩寫的特別哀婉淒豔，而且真實細膩地描述了他當時的種種境況，包括對自己病情的體驗，但都是只寫了幾首就中止了。父親為他的詩集取名《失戀者》，記得當時曾有朋友表示異議，其實「失戀者」最是可以代表他一生的了，無論對他愛過的人，還是對他愛過的這個世界來說，最終他都是一個失戀者。在最後的日子裏，他的愛失去了對象，他的生命也就完結了；只留下這些絕唱般的詩篇。想起這一層我很感悲憫，同時也覺得無奈。我只是想無論是某一個人，還是他曾經生存過的這個世界，對待他，對待他的感情，如果能稍稍留心一點兒，他大概也就好一點兒；然而這是困難的，或者竟是不可能的，至少直到他瞑目的時候也沒有遇到。他過去的朋友徐遲曾在文章中說過「我痛苦地悼念的沙鷗是一個一生完整的沙鷗，他被我們不公平地冷淡過，不，簡直是遺棄過」的話，我很感激到底有人說了，但這樣的話也讓我很難過。

父親是這樣的詩人：他寫詩，同時他還研究他以及別人如何寫詩，這兩方面他都花了太大的精力——換個人，比方說我，這個精力恐怕或是沒想到要花，或是想到了而不捨得花。我對此這樣寫過：「他一生差不多只是做寫詩這一件事，而這件事在我看來他是做好了的。」直到病情惡化以後，談到詩他還對我說：「真奇怪，我的腦子一點也沒有壞。」去世前一天我與他切磋他的詩選的篇目，決定取捨時他還是表現出一種對詩的本質上的理解。他始終能很清楚地分別什麼是詩，什麼不是詩；什麼是好詩，什麼是不好的詩，而他對好詩之所以好總有非常準確細微的把握，這是我對作為詩人的父親最感欽佩的。他去世後我對亞非兄說過他對詩的體會和研究乃是絕學，他的《寫詩論》沒寫出來，大概也就沒人能寫。《莊子》裏常說人把一項技藝做到極致那就是道，父親寫詩可以說是得了道了。或者要嫌我這話是誇張，我還是要說別人大概不花他那個無時無處不

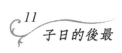

想的功夫。他在醫院裏做化療那麼難受還在寫詩，病房夜裏關燈，他摸黑寫下草稿，次日看見字都疊在字上。最後病危了還口述組詩〈無限江山〉讓我記錄，白天我不在他就一遍遍背誦以免忘記，給我念的時候常常哽咽落下眼淚。當時在朝陽門醫院那個簡陋的病房裏，我看著他人已瘦得脫形了，我知道他的一生就這樣要結束了，我就想，您這到底是為了什麼呢。父親生前我總是督促他寫作，因為愛惜如此才華；他去世以後我體會著他那已永遠逝去的生命，我又覺得或許這才是最可關懷的，雖然才華也是生命的一部分，當生命結束，才華就是生命唯一的延續。生命與生命的創造，到底哪一個更重要呢，這問題現在我也不能回答。

父親在患病的一年半的時間裏，做了很多事情：寫了回顧他後半生寫詩歷程的〈從《故鄉》到《尋人記》〉、〈從八行詩到「新體」〉兩篇文章，還坐在我們的小院裏給亞非兄認真講了十來天的詩（後來整理為〈夏日談詩〉），此外還花很多精力探討有關山水詩的問題，他要「給山水詩做個界定」，因為據他看來很多號稱是山水詩的其實並不真是，於是寫了〈關於山水詩的提綱〉，這是他幾十年研究這一題目的扼要總結。他以這思路編定了最後一本詩集《沙鷗山水詩》。直到住院前都在想辦法出版，甚至還為它擬了份「廣告」，但是始終沒有機會，這稿子現在還在家裏放著。他又受到詩人陸偉然「詩的現代性表現在體現人的內心的豐富性」的說法的啟發，寫出他的重要論文〈關於主體外化〉，他晚年對於詩的系統思考在這裏基本完成了。

但是所有這一切並沒有如他所期待的那樣，能有什麼反響——至少他自己沒看見。他這一生一揚一抑，前後差不多分為兩截；從某種意義上講，揚與抑都是悲劇。對此亞非兄在給他的一封信裏有番話說得很好：

> 當年您用別人的思想寫詩時，您享有盛名，因為那個時代虛假的詩的狂熱。今天，您用自己的思想、自己的形式來寫詩時，卻沒有回聲，因為這個時代對詩的冷漠。

在我回顧父親最後的日子的時候，我想起他為詩集《尋人記》寫的後記裏說的話：「在醫治過程中，我反覆思索了我的一生」，他都思索了什麼呢。在《華夏詩報》發表的通信裏談到類似話題他引用過自己病中的一首詩：

> 走了一生的路

沒有走在路上
一張張的你
疊成一塊黑
無星無月的夜呵
山道
窄巷
橋頭
我以竹杖代眼
尋覓得好苦
檸檬乾了
剩下的皮扔了

這是組詩〈尋人記〉的第九十四首。父親去世後安貴兄曾在他編的報上重新發表以為悼念，這首詩確是最足以概括他的一生。但其實不僅是這一首，全部一百首〈尋人記〉都體現了他對自己的一生和對歷史、時代、社會的思索。亞非兄曾對我說〈尋人記〉不應該看作愛情詩，我則認為愛情在這裏只是一種契機，更重要的是由此引申出的東西。或者用父親自己的話說：「『尋人』表現的是一種追求，和在追求中的失落。這是我自己對愛情、對生活、對人生的體驗。」〈尋人記〉是父親整整一生深切體驗的結果，但是它絕不僅僅是關於他個人的作品。這是一部漫長的心靈史，而真正的主人公就是「失落」——在每一首中它以不同的色調、在不同的場景中出現，最終構築了一個可以完整概括我們這個歷史與時代的精神形象。亞非兄曾說他並不以形而上的思考見長，但我覺得，〈尋人記〉裏真正有他自己的哲學。即使放在整個中國新詩史上，我想〈尋人記〉也是傑作。組詩的最後五分之一是在病中寫的，這是他最後這段日子裏做的最重要的一件事，而作者對「死」的感受更加強了整部作品的悲劇背景，我簡直可以說它是有一種面臨毀滅的美，一種死亡的美。不知為什麼，我並不是讀到最後這部分才有這個感覺，從他開始寫〈尋人記〉時我就隱隱覺得這裏有一種不祥的氣息。記得那時就請求父親專門抄錄給我，我第一次想到要保留他的一份手澤，也許我是覺得父親老了。〈尋人記〉寫到最後，正好我從南昌出差回來，我告訴他有一天我走在街上，手裏提的裝著剛買的書的塑膠袋忽然自己裂縫了，書都掉在地上。他就說這下〈尋人記〉有了結尾了，他用這樣一個意象歸結整個組詩，這是一個極其悲哀的文化淪亡的意象。

父親去世後，有一天我一個人回想他的一生，我想那像是一條遠方流來的河，從竹林與黃桷樹蔭蔽的地方，從石板橋與黃泥路，從炊煙、蟬鳴與陽光裏，那麼一個迷濛的所在，流湧而來的一條大河。我就坐在河邊，靜靜地傾聽。我自己也是中年的人了，我拿自己已有的生涯與父親的相對照，覺得他一生真是過得很長呵，雖然他只活了七十二歲。他最後的日子是和我們在一起度過的，對我來說，這是有記憶以來最長的一次。然而說實話父親給我留下的也是一個複雜難言的印象。他曾在很多詩中描寫過自己，如：

好多年，我悲哀地
在人世的窗前踟躕
——〈靜靜的夜〉

乾涸與昏熱

我受辱的兩眼
　冰封的水塘
誰來清點我的足跡

——〈三月雨〉

我跋涉
　從少年到老年
沿途埋葬著
我的夢與悲哀

——《尋人記・第四十二首》

父親的一生坎坷太多，最後我眼裏的父親雖然精神還是達觀，還在孜孜不倦的寫他的詩，但不知為什麼，我總是從他身上感到他所說的「受辱」與「悲哀」，我有時想他差不多是被他遭遇的種種不幸給壓倒了。這是我更為感到悲哀的。在我心靈的更深處父親不應該是這樣的形象。只有在他最後的〈無限江山〉裏才表現出原來他對自己也那麼有自豪感，這是從來沒有流露過的；他對自己的一生所不滿意的也只是沒有得到理解而已。一個人與一個人的遭遇畢竟是兩回事，作為詩人本身他並無遺憾。他去世後，在八寶山公墓為他舉行遺體告別儀式，我最後看一眼父親，看見他安祥地躺在那兒，彷彿沈思的樣子，我忽然發現他身上有一種尊嚴、一種氣魄，我覺得他真是傲視人間。

一九九六年十月二十日

《櫻下隨筆》後書

這幾年我在《黑龍江日報》副刊上發表的小文章，再加上些別的，編成一本書出版了。這個時候，我父親沙鷗先生辭世已經整整半年——我把這樣兩件事情放到一起，因為它們是有關係的。當初一智兄是向他約稿，他把約稿信轉給我，叫我寫。我的第一篇隨筆就是這麼寫出來的。以後陸續地寫，承蒙日報和一智兄的厚愛，陸續地登出來，我把剪報寄給父親看，他就一再來信鼓勵我多寫，將來爭取出本書。可那時我勁頭兒總不太足；就是現在我也想文章其實是可以不寫的，自己花時間寫文章而不去讀現成的好文章，別人又花時間讀你的文章，這是否值得真是一個特別重要的問題。所以幾年過去還只是那麼一丁點兒，就像《詩經》說的：「終朝采綠，不盈一匊。」雖然父親總是督促我寫。

後來突然得知父親患了絕症，我好像受了棒喝，我想我真的應該趕緊有點作為，不然他就看不見了，那麼他就會對我感到失望，過去的很多年裏他真的是對我寄予了很大希望。在他最後一年的那個夏秋之際我寫了很多；說來好久我不曾這樣用功，由於我的疏懶與散淡，荒廢的時間是太多了。我每寫成一篇文章就送給父親看，我看見他是很高興的。也正是在這個時候，他的病情越來越重。隨筆集編好後我正好要出差去，就把書稿留下，請他再看一遍。我回來時他告訴我，他已一行行地數過了，距離出版社要求的字數還差若干，應該再補寫一點。現在我想這樣的事情也只有他老人家會替我做，父親不在了，在我今後的人生中也就不可再得。父親病危時我對他說，您怎麼也要等到我的書印出來，不然我做這件事還有什麼意義呢。他去世後我也想過，等拿到樣書我會呈一冊到八寶山公墓他的靈前，但我也知道這是沒有什麼用的。父親曾經說過對我的將來他是放心的，可這句話裏就有太多的遺憾：他看不見我的將來了。父親不在了，我感到特別寂寞，這寂寞令我窒息，很多應該和他說的話也只能說給自己聽聽。人生如果可以形容是齣戲的話，它至少是要演給一個人看的，父親去世以後我才明白這一點，可我的戲還得演下去。記得將近二十年前我與他在漢口見面，那時我還很喜歡李清照，從《全宋詞》裏抄出《漱玉詞》成一小冊，其中有斷句云：「何況人間父子情」，現在我知道那個意思了。我也常常體會「人間」這到底是個什麼詞呢，的確人世間的很多事情只有放到特定的人與人之間才有它特別的意義，這大概也就是《聖經》開頭說的「要有光，就有了光」的那種光罷。

在文學方面，父親教導過我多年。但是在他生前我從未著文談過此事，這一是因為我學而無成，二是我怕人言可畏，反倒對他構成傷害。我在一九八一年以前寫的詩差不多逐首都經過他的修改，我只是在我的詩集後記裏隱晦地寫了一句「我起初寫詩可以說得自家學」的話。現在我要想公開說出我的感激之情也已經晚了。父親病危前我剛剛寫完《楊絳散文選集》的序言，他非常衰弱，可還是堅持著把這篇一萬五千字的文章看了兩遍，並給我指出寫錯了的字，這是他最後讀的東西。他去世前一天，我去醫院他還記得叮囑我抓緊把與出版社訂的合同簽好寄出，那時他說話都很艱難了。住院期間士行兄來看他，他說：「今年方晴都是好事。」家姐在場覺得他以筆名稱呼我總有點兒彆扭，我想「人之將死，其言也善」，垂危的他是在誇張地表示父親的高興罷。世界總是具體的：具體的人，具體的事情。作為父親的世界的一部分，我盡量實現一點他的希望，既然他有這個希望，這樣這個世界對他來說就顯得好一點兒，只是時間不夠了。現在我的書終於出版，可惜最想看到它的那個人看不到它了。

一九九五年六月十八日

記若影師

若影師去世已經整整十年了。十年來我總想為他寫篇文章，但總也寫不成。這是因為他生前不為人所知，死後也不為人所知，就是現在我寫他也寫不出很多應該為人所知的東西，可以說他的生平沒有什麼特別的事跡。他只是給我留下幾十封談詩的信和一百多首舊體詩。關於詩他沒有什麼驚人之見，但很切實，很精當，都是非常內行的話；他的詩風格清麗俊逸，非把唐人數十名家之作盡皆爛熟於胸不能做出來，而又自成一格，造詣相當的深。關於若影師我想介紹的主要也就是這些了。我從來沒有和他討論過人生，也沒有詢問過他多年的際遇；我只是由我的所知去體會他的才華，但我體會他的才華絕不會只限於我的所知，有很多東西可以說在他一生中都沒有表現出來；我不知道這個怎麼寫法。

我最初見到若影師時，他已年近七十。住在重慶南岸的山上，文峰塔畔，去他家要爬九百多步石級。一幢小樓，常在雲霧之中。他面貌清癯，眼睛很有神，說得上有仙人之姿，身量不甚高，嗓音稍啞。記得他指給我看窗外他手植的一株桉樹，鬱鬱蓊蓊，已經高過樓頂了。那次我在他家看見一把扇子，上面有他自己寫的一首題為〈山居記事〉的絕句：「古木荒村澗水邊，歸來獨坐聽流泉。燈前莫卜他生事，且伴瓮頭枕月眠。」以後我們通過好幾年的信，我就詩的問題向他求教，他認認真真地把他所知道的告訴我，直到病重不能再動筆寫字為止。

先父去世前一年曾經寫過〈哭若影〉，其實把我現在想說的意思都說了：

從悠悠松林
走進南山淼淼雲海
你不再回來
記得文峰塔下
你的小樓的窗

有一幀鄉村風景
江岸的蘆花
　聽浪、聽風雨
一生沒香醃過
冷燭一支
守著
　　半函遺稿

這首詩的題下有一個小注：「廖若影（一九〇七—一九八五），舊體詩人。」開始先父想用「隱士」的，確實若影師是隱了一生，他也真正是一位「士」，但我當時覺得隱士一詞裏有個意思與他和類似他這樣的人並不大切合，所以建議不用。後來我想起《論語・堯曰》有「舉逸民」一語，「逸民」這稱呼現在不大通行了，我倒覺得用來概括若影師比隱士要恰當些。從來關於逸民的「逸」字有兩種解釋：一種說當如「軼」字講，如何晏

《論語集解》：「逸民者，節行超逸也。」皇侃《論語義疏》：「逸民者，謂民中節行超逸不拘於世者也。」《後漢書》有〈逸民列傳〉，講了野王二老等以下十八人的故事，也是依這個意思，大概說來與隱士差不多；另一種說法是「逸」同「佚」，如朱熹《論語集注》：「逸，遺。逸民者，無位之稱。」分別在於一是主動的，一是被動的；一是道的，一是儒的。我的理解是傾向於後者；或者也可以說，逸民是有遺佚的境遇而有超逸的精神，從根本上說他們還是有為的，是為境遇所拘束而又超越於境遇。正因為如此若影師才要寫詩，才把詩寫得那麼好。他寫詩從來不為社會所知，但他是那麼認真地對待自己做的這件事，不斷寫信告訴我修改的情況，直到完美為止。他何以要如此呢，或許他面對的是一個比社會更高的價值尺度。形容逸民最恰當的是《孟子・公孫丑》說的「遺佚而不怨」，或許還有〈盡心〉篇中的「窮則獨善其身」，我覺得這都是意思很苦的話。而「舉逸民」則體現出孔子的一片溫愛之心了。

逸民沒有機會發出光來，但是他們有光；我們尋常看不見。所以我覺得能向若影師請教幾年學問，是我今生今世幸運的事。既然有心要往「文」這道兒上走，那麼有些我們知道的人總歸有機會遇著，就像想要讀的書總能讀到一樣；但認識若影師這樣的人卻是要有一種緣的，因為他不聞達。這是一部沒有出版過的好書。十年來我想起若影師總覺得惋惜，「一生沒香豔過」，就像先父寫的那樣；但是一個人死得讓人惋惜，我們大概也可以說他是沒有白白活了。

〔附記〕《論語・微子》裏孔子講過很多逸民的事，在他看來逸民的境況也不盡相同：伯夷、叔齊「不降其志，不辱其身」；柳下惠、少連「降志辱身」，但是「言中倫，行中慮」；虞仲、夷逸「隱居放言，身中清，廢中權」，這裏似乎是一個由儒而道的衍進過程。不管哪種類型，都是保持著一個屬於自己的內心世界的。

一九九五年八月十八日

豆棚瓜架

王士禎有一句境界很美的詩：「豆棚瓜架雨如絲。」這個境界我差不多可以說是年年都能體會到。我家雖在北京市內，卻一直住著平房，門前窗外小有空地，可以種些瓜豆之類。即使有陽光透過葉隙一絲絲地照下來，我也會想起漁陽山人的詩句。後來我讀清初艾衲居士的《豆棚閒話》和近人南星的《松堂集》，看到他們關於豆棚的詳細描寫，也覺得很親切。當然棚架要用竹木草繩，我家所種規模太小，只橫豎扯幾根小線兒，若說成「豆棚瓜架」未免自誇，其意庶幾近之而已。

我們種的也是扁豆。據《豆棚閒話》說：

《食物志》云：扁豆二月下種，蔓生延纏，葉大如杯，圓而有尖；其花狀如小蛾，有翅尾之形，其莢凡十餘樣，或長，或圓，或如豬耳，或如刀鐮，或如龍爪，或如虎爪，種種不同。皆累累成枝，白露後結實繁衍。嫩時可充蔬食菜料，老則收子煮食。子有黑、白、赤、斑四色。

我家所種只有如豬耳和刀鐮的，花是白、紫二色。這與菜市場常見的並不一樣，那乃是芸豆即四季豆，不知為什麼也叫扁豆。這種真正的扁豆有些氣味，入口質感稍粗。我們更看重的則是絲瓜，卻也與市場上的不同。《辭海》上說絲瓜有普通絲瓜與棱角絲瓜兩種，我們的是後一種：「果有棱角，較短，種子黑色，表面有網紋，無狹翼狀邊緣。」此外可補充的是開黃花，一般五六瓣，有清香。《辭海》又講這種絲瓜性喜高溫潮濕，原產印度尼西亞，我國南方栽培較多。我家種絲瓜原是自我外祖母開始，她是江南人，不知是否從那邊覓來種子。棱角絲瓜在北地恐怕不如普通絲瓜長得好，我們胡同裏有人種那種絲瓜，看起來確實繁盛，但我家每年收穫亦不算少，經常可以佐餐。這自然有賴於施肥澆水，但時時注意授粉亦很要緊，光是仰仗飛來飛去的蜜蜂是不夠的。父親在時最喜歡此項活計，常登凳子上下，摘下雄花（也叫謊花），把蕊上的花粉粘到雌花蕊上，這個瓜就能長成了。

七十年代初我家住著一間東房，夏天屋中悶熱，父親閒居在家，常坐在瓜豆蔭涼裏看書。有時也教我們兄弟姊妹寫詩作文，我家彷彿如《紅樓夢》所寫是結了一個社似的，誰寫了習作便聚在這裏聽父親品評，我喜好文學即自此始。然而二十年過去，沒有一人在這方面有所成就，說來父親也是白費心了罷。

那時家中門庭冷落，常來訪者只有文教授、朱老師、詩人高平等三數人。房間逼仄，也只能坐在我們的豆棚瓜架下與父親閒談。二外的文乃三教授是父親當年在文學講習所的同事；朱之強老師教過我哥哥小學，與我家往來迄今已三十餘年；高平又名戈纓，人特忠厚實在。現在想來，這些都是尊貴的客人。來客常以家常便飯招待，其中少不了一碟自產的絲瓜，總是素燴，加點金鉤，若以雞湯調之則更佳，依然清香，其色碧綠如玉。

豆棚瓜架下還有兩位客人不能不提：有名的圍棋國手過旭初、過惕生兄弟，即「南劉北過」之過，通常稱為大過老、二過老的。我哥哥曾拜他們為師，後來成了父親的朋友，大過老和父親還曾寫詩唱和。看兩位大師下棋常使我想起爛柯山的傳說；古人描繪棋手又常用「從容」一詞，他們正是有從容的風采，從容的行止。鄭板橋有贈清初圍棋四大家之一梁魏今的詩，說是：「坐我大樹下，清風飄白髭。朗朗神仙人，閉息斂光儀。……」在我們這兒「大樹」當改為那幾棵瓜豆，而「白髭」亦可換作二老愛穿的白綢衣衫。還可以用一個「清」字形容他們，正是古人所謂清人、清士，我想乃先祖過百齡以及棋聖范西屏等也當是這樣的，現在的棋手若論棋力當然後來居上，但我看那模樣總有些濁的感覺，見不到二位過老那份高潔；大概中國棋手古來風範如此，他們一下世，就斷絕了。

去年冬天父親也故去了。此前他在北京治了一年半的病，又吃到了家裏自種的絲瓜。父親是生意很重的人。前不久我收拾抽屜，發現一個包得嚴實的紙包，上面有他工工整整寫的「絲瓜籽」三個字。這是父親去年秋天收集的，是他為今年留的種子。

一九九五年八月二十二日

師友之間

在這裏我要記述幾個人，他們先後對我的閱讀和寫作產生過重要影響。第一位是我的父親沙鷗先生。我對父親開始有印象，是在一九七〇年，「文革」後他第一次回家，那時才四十多歲，人很瘦，頭髮很黑，梳向一邊，總愛穿一件藍色的中式罩褂。我還很不懂事，不知怎的對家裏忽然出現的這個陌生人頗為抵觸，記得有一天他買了一包炸魚，其中一個魚頭特別大，我竟疑心有毒，拿筷子扒拉來扒拉去，氣得父親把它一下子扔到門外去了。大概是因為父親講的那些故事，才使我們變得親近起來。而此後二十幾年間，我們在一起相處的日子加起來也沒多長，一直到我三十五歲那年，他因病去世。如果要講對父親的印象，那麼「詩人」二字庶幾可以概括一切，他的很多行事也只有這樣才能得到理解，這並不是要辯護什麼，人已經作古，無須乎任何辯護了。父親的詩人氣質幾乎表現在所有方面，古詩所謂「座上客長滿，樽中酒不空」和「敏捷詩千首，飄零酒一杯」，都可以拿來形容，他好客，好激動，好湊熱鬧，好管閒事，好為人師；文思又特別來得快，下筆千言，毫不費力。他的一生，也可以用古人關於「沙鷗」的兩聯詩詞來描述，即早年志向有如杜甫的「飄飄何所似，天地一沙鷗」；而後來心境則好似辛棄疾的「拍手笑沙鷗，一身都是愁」了。

父親自己的著作「文革」時與藏書一起抄走了，他又從朋友處找到一些，留在家裏，成為我最初的文學啟蒙讀物。我開始寫的幾百首八行詩，明顯受到他的影響，而且幾乎每首都經過他的修改。從另一個方面講，我對他的創作歷程和作品也比較熟悉。父親從一九三九年起手寫詩，最早幾年的作品我讀得很少，據他在〈關於我寫詩〉裏介紹，「我在苦悶中寫詩，用詩來表達自己的苦悶。」「我寫得很認真，也還美，只是沒有特色，沒有我自己的個性。」他有特色和自己的個性，還是從一九四四年寫四川方言詩開始。我讀到的《農村的歌》（一九四五）、《化雪夜》（一九四六）、《林桂清》（一九四七）和《燒村》（一九四八）這幾本集子，都是此類之作。詩中描寫的四川農民的苦難生活，曾經使我深受感動，特別是那首〈紅花〉，多年後我還專門寫過一篇鑑賞文章。當然現在看來，用方言寫詩，在藝術上不可能是多麼有價值的探索。父親一九四九年以後寫的十來本詩集，像《第一聲雷》（一九五〇）、《天安門前》（一九五三）等，後來他認為都是失敗之作，我當時讀了也不大感興趣。記得有一次王亞非提到父親的名篇〈太子河的夜〉和〈做燈泡的女工〉，我把詩找出來，父親看過，帶點詫異地說，好像也沒什麼意思啊。

到了《薔薇集》（一九五七）出版，父親的詩風才有變化，收在那裏的〈海〉、〈海鷗〉等已經是很精美的八行詩了，但這本書有些雜亂，好詩不多。他自己最喜歡的詩集還是《故鄉》（一九五八），我不知道讀過多少遍，有些篇章還能背誦。《初雪》（一九六二）是另一本父親自己喜歡的集子，我也反覆讀過。《故鄉》和《初雪》從它們寫作的時期來看，應該算是異端了，雖然所收並不都是精純之作。比較起來，《故鄉》比《初雪》更整齊，也更美。這兩本書向我展示了這樣一位詩人，儘管有著時代深深的烙印（這在我當時的意識裏並非一件壞事，甚至是無可置疑的前提；改變這一看法是多年以後的事情了），但仍然恪守著一條藝術的底線，也就是說始終不放棄對美的追求，不忽視詩與非詩的區別。我覺得這是最重要的。

父親五十年代所寫的《談詩》、《談詩第二集》、《談詩第三集》和《學習新民歌》，是我最早接觸到的詩歌理論著作。裏面有不少批判文章，父親在七十年代已經一再對我說不該寫的，其他文章現在看來所談也不算特別深入，但是其中對若干詩作（特別是幾首唐詩）的具體分析，卻給了我很大啟示，以後我讀古人的詩話、詞話，悟得文學批評的一條路徑，就是由打讀父親這些文章起步。父親教過我寫小說，寫詩，卻從未教過我寫文章，他的文章的布局和行文與我也不特別合拍，但是上述這一點的確是效法他的。換個說法，父親教給我一種細微體會的讀書方法，無論以此讀詩，還是讀別的東西，都很適用。

父親寫詩很快，但總要反覆修改，這用他自己的話來說，就是「隨意寫詩，刻意改詩」。他留下幾個寫詩的本子，上面用不同顏色的筆寫滿了修改字樣，有時一首詩經過多次修改，最初寫的剩不下一句半句了。這是父親在藝術上特別認真之處。除了《如逝如歌》，我寫詩大都很粗疏，曾經多次為他所批評；我明白反覆修改的意義，是在很久以後。至少對我來說，有相當一部分語感是靠修改得來的，放棄修改也就是放棄語感。古人說「吟安一個字，捻盡數莖鬚」，何以要談到「安」呢，實際上就是獲得了語感的最佳狀態。父親對我最大的影響，即在上述這三方面，即對藝術底線的恪守，細微體會的讀書方法，和反覆修改的創作習慣，我因此而終身受益。

關於所讀到的父親的作品，不妨多說幾句。父親有兩部敘事長詩的稿子，《奔流》寫在一九六四年，有七千多行，內容我已記不真切，他自己後來也不大提起；《丁家寨》寫在一九五九年，有四千多行，描述三十年代四川農民的一場暴動，現在我仍然覺得，這部作品當年因故未能出版實在可惜。家裏有一部油印本，我多次閱讀，知道真是父親的用心之作。說來我試驗過多種文學形式，惟獨不曾練習寫作敘事長詩，不過從讀《丁家寨》起，倒是讀了不少此類作品，比方普希金與拜倫所寫的那些。一九七九年我曾勸父親想法子把《丁家寨》發表出來，他看了一遍說應該略加修改，但是只改了一個頭兒，就放下了。他去世前夕，有一次我提起這部稿子，他很是黯然，不勝惋惜。父親六十年代還寫過一部長篇小說《三個紅領巾》，主人公是一個鄉村女教師，這稿子是我當年的重要讀物，我寫小說也以此為學習對象。閱讀父親作品對我的幫助可能還要大於他親自給我的指教。一九八〇年他應一位編輯朋友（就是看過我的《楓葉胡同》的那位）之約，把這小說修改一過，更名《兩個與三個》，準備出版，但這朋友在松花江游泳時突發腦溢血死了，出書的事情也就耽擱下來，現在連稿子也不知下落了。

講到父親和我在文學上的關係，「師友之間」其實是最恰當不過的話，而具體說來，大約以八十年代初為界限，此前我們更像師徒，此後則更像朋友。父親曾經非常正統，無論思想意識，還是文學觀念，可以說除了始終重視美之外，他原本是那個時代裏一個合乎要求的「文學工作者」。八十年代初我思想上發生一些變化，接受了現代派的文學觀念，於是與父親不復一致。我寫過許多信陳述我那些越來越離經叛道的看法，還曾寄了許多現代派作品請他閱讀，其中包括後來他取法頗多的意象派和超現實主義的詩作。主要是由於際遇的變化，其次是因為我的勸說，父親在八十年代中期藝術觀念發生了根本變化。當然也還有來自別處的影響，譬如沙蕾四十年代寫的那些詩。關鍵有兩個問題，一是寫什麼，一是怎麼寫。後一問題具體說來，就是是否要放棄八行詩。父親七十年代用八行詩寫出很多精品，一九八一年出版了一本《梅》，但此後就進入衰落期了，寄來的新作，特別是寫所謂「農村專業戶」的詩，我覺得實在不好。一九八五年十一月，我去成都出差，他特地從重慶趕來，都住在王余家，但王余並不在，是他的兒子王曉星接待的，我們共談了十天，以後父親在〈從八行詩到「新體」〉中說：「我創作上發生重大突破的契機是一九八五年冬在成都與方晴的一次長談，結果是我從此放棄了八行體詩，而開始寫我自稱為『新體』的現代詩。」放棄八行詩只是表面現象，實質是放棄了傳統的描摹現實的創作方法，主要表現對象由客觀世界轉向了自己的內心世界，特別是情感世界。這裏我的確起過一點作用，說來也有意思，我的藝術觀念更新了，成果最終不是落實在自己身上，卻落實在父親身上。我自信是父親最好的一位讀者，確實知道他寫詩的才華，我不願意這才華被埋沒了，而希望能夠盡最大可能地表現出來。如果說我與文學前後打了那麼多年的交道，也有過一點貢獻的話，那麼就體現在這裏了。

父親是異常聰明的人，在成都我們剛談出個眉目來，他已經開始寫「新體」詩了。此後的九年時間，他共寫了七百多首，而且越寫越好，最後的組詩〈尋人記〉，我以為堪稱中國新詩史上的傑作。長詩〈一個花蔭中的女人〉也是非同凡響的。這期間我們見面，通信，談論他的創作比談論我的更多。如果沒有「新體」詩的寫作，父親的文學成就恐怕要差不小的一個層次；到他去世時，我覺得作為詩人他是完成了的，而且毫無愧色。對自己在這其中所起到的作用，我長久都有一種光榮之感。與此同時，他當然對我也很關心。病勢已深的時候，還就《如逝如歌》和我談了很久，我清楚記得他說過「應該為讀者理解你的意象導航」之類的話。我剛動手寫隨筆不久，他就來信說：「你的隨筆，我也希望盡快寫一百篇，這本書很重要，得有適當的『厚度』。一百篇大約十五萬字，或多一點，正好。題材還可再放開一點。從全書來考慮，爭取達到一個『博』字。」（一九九三年二月十八日）父親去世前對我說，我對你的未來是放心的。這句話分量很重，我只有以此自勉，走完不再有父親同行的人生之路。

第二位是廖若影。關於他，我先是在〈關於寫信〉的附記裏寫過一點感想，後來又專門寫了一篇〈記若影師〉，這裏只能略做補充。其實我一共只和他見過兩面，分別是在一九七六年冬天與一九八一年春天，乃是隨父親到重慶南岸他的家中拜訪，各停留半日，未能深談，此外只是通信而已。先是我去函問候，一九七七年一月十六日收到第一封來信。我與他年齡相差五十二歲，卻是同輩，故稱之為「老表」，他則呼我為「弟」。到一九八三年十月二十五日為止，其間共收到來信六十七通，除一封丟失外，我都好好保存著。此外又有給我父親的兩封信，也存留我處。給我父親寫信用文言，無標點；給我則用白話。我愛讀古詩詞，有疑難處便向他提問，所以這些信的內容十九是談詩的，又以技法方面為主。我當時淺薄浮躁，所提問題天南海北，漫無邊際，他卻毫無怪罪之意，盡量予以解答。最近我重讀一過，仍然覺得新意滿眼。其中又以對古人某些詩作的會心理解最為精彩，雖然話說得平易樸實，但細細品味，感到非有一種特別悟會，不能道及。

例如一九七七年五月七日來信說：

至於用字的問題，這就在一句詩裏面關鍵地方的字要斟酌，要推敲，要千錘百煉。比如唐朝賈島有一首詩裏面有一句是「僧敲月下門」，這個「敲」字，據說當時他是經過一番推敲工夫的，原來這句是用的一個「推」字，經過他反覆演試，就覺得「推」字不如「敲」字好，故決定改為「敲」。我們試想，在月光下一僧歸來，寺廟的門早已關閉，敲就有聲，敲它幾下，裏面就會有僧出來打開，這種情味是真率而如見的，倘用「推」字，既無聲，便直切了當，自己將廟門推開進去就是，這樣便索然無味了。這是用字的關鍵地方和妙處，故詩能做到千錘百煉，始可臻於妙境。您來信引用的幾則妙句，「牧童遙指杏花村」，這必須有上一句的「借問酒家何處好」才把這下一句逼得出來，不然如何見得這句詩的好呢，又如「春色滿園關不住，一枝紅杏出牆來」和「粉蝶紛紛過牆去，卻疑春色在鄰家」，都是上句逼出下句來的，這就是手法和描繪藝術上高深的問題，也就是說在即情即景下，通過心靈寫出來的一種妙句，這裏值得注意的，就是「春色滿園關不住」的「關」字，與「卻疑春色在鄰家」的「疑」字，是關鍵字，是要經過推敲的，在用「關」字和「疑」字後，就能把上下句及整首詩的神情傳出來。一首詩的名句只能有一句或兩句，不會全首有，從來的詩也不會每首都有名句的，名句就是一首詩的精華，好詩能留傳就在於此，上面舉的詩句，如我們試試改換其他的字加進去，恐怕情味就便不一樣了。

這裏雖然是針對煉字而言，內涵卻是對詩的意境的深刻體會。尤其關於「推」「敲」的比較，已經涉及意境問題最關鍵所在了。

他對古人某些詩作的解釋，雖然不關乎理論問題，但也別有精義，例如一九七九年十月二十四日來信中所說：

〈無題〉二首（按指李義山之「昨夜星辰昨夜風」和「相見時難別亦難」）是豔體。第一首內容是作者回憶昨夜與所戀之人同席飲酒，追思愛慕的情況，詩意的首尾句子是連貫的，現把其中字句簡略注釋如下：「畫樓」指戀者所居的地方，第三、四句是說彼此的心是心心相印的；「靈犀」字義，據說犀牛是一種靈獸，牠頭上長的角有一條白紋，由角端通向心腦，很靈敏，故稱「靈犀」；第五、六句詩的「分曹」二字是指射覆的雙方，「送鉤」、「射覆」都是古人飲酒時行的一種「酒令」遊戲，猶之今人席上飲酒使用「划拳」、「猜子」的情況差不多，也是一種酒令，不過今與古形式不同而已；末二句，古時候宮廷在天明前須擊鼓撞鐘，官署則須擊鼓，以表示將要上朝或入官署的信號，故有「嗟余聽鼓應官去」之句，「蘭臺」即御史臺，這裏泛指高級官署之稱，義山一生過著幕僚生活，而其工作又屢遷不定，如飛蓬之轉動，故曰「類轉蓬」也，整個詩是表示對所戀者的一種愛慕心意。第二首的詩意比較明顯，其中「春蠶到死絲方盡」、「蠟炬成灰淚始乾」二句，屬對最好，意最貼切，「絲」與「思」有雙關意，用在這裏更覺得有情味；末二句「蓬萊」是仙子所居的地方，把所戀之人比得很高；「青鳥」乃西王母的傳信使者，這裏囑託青鳥：你去為我殷勤探看我想念的人吧。這首詩從表面看是前一首的繼續，但我以為這首詩作者或另有所寄託，也許是追念從前對他有過幫助的人的一種想念吧。

只有如此細心地閱讀，詩的意味才能把握得住。凡此種種，對我都是頗為有益的教誨。

來信中往往附有詩作，前後約計百首。廖氏自署雙景樓（當係從「若影」化出），可惜未能有一部《雙景樓詩鈔》行世。我倒是曾多次建議編輯，但均為他所謝絕，回信說所作未斟穩妥，尚須修改，所錄詩作亦多注明「若影草」或「若影未定草」，而且確實不斷地訂正，或易數字，或易一句，是以此事終不果行。關於他的詩風，我每每想加以論議，但是苦於見聞不廣，感受不深，未能下筆。此番重讀他的來信，一九八〇年八月四日有言：「吾以為作詩一要有骨，二要能放，三要有神，有骨則有力，能放則豪情自生，有神則描繪自活，有此三者，庶幾可以言詩。當然詩之內容亦極其重要，未可偏廢。我雖然能寫一點小詩，然自衡量，惜均未達此要求，可見作詩亦非易事。」若論他的詩風，正在這「有骨」、「能放」和「有神」上。以〈江上逢漁者〉三首最能代表他的風格：「翠蓋喧迎極浦風，芙蓉遍豔夕陽紅。磯畔生涯君莫問，朝朝出沒浪濤中。」「長街賣卻好鱗蝦，購得鹽薪越歲華。放釣回篙船滿月，蘆花深處便為家。」「老去沙邊一葉舟，笠蓑作伴度春秋。霜天縱釣西江月，不畏寒凝愛自由。」他也曾多次寫詩贈我，這裏抄錄一首〈答進文弟問難以詩贈之〉以為紀念：「學海無涯知有涯，事遇百遍達真知。唯君割席遺風在，自是青雲韻上時。」

我與廖若影雖只見過兩面，印象卻很深，覺得他是一個嚴謹而和藹的人。從他的信中，卻時而又反映出另外一面，蓋「有骨」、「能放」和「有神」，詩品如此，人品或許亦是如此。如一九八二年十二月十四日來信，附有〈鄰家麥酒（即雜酒）新熟偶醉〉一首：「舍近西家不言遙，荒村何處買香醪。山翁酒熟邀有意，不辭新病醉春宵。」詩末有注云：

這首詠酒詩，其實我對飲酒已早減少，甚至於不飲，但遇到好酒，還是想喝一點，喝得不多，一喝便醉，句中的「醉春宵」只是詩的一種寫意，不必真的醉如泥也，一笑。「雜酒」係用豌豆、大麥、高粱合製釀成，先貯於小瓦罈內，泥封其口，待熟後，用時去其泥頭，置於桌上，飲者各以麥管吸取之，別有一種風味。舊時市上有出售者，今絕跡，只有私家釀製。

此種瀟灑風趣，可惜我未能當面領略；而此後只怕於別處更難得遇著了。廖若影於一九八五年逝世。前幾天他兒子敦忠忽然打來電話，說乃翁在重慶南岸黃桷埡的故居還在，不過成了危房，已經沒人住了。我還記得矗立山頂的那幢小樓，很想找機會再去看看。

第三位是沙蕾。我從前已經寫過一篇〈關於沙蕾〉，這裏所寫也只是補遺了。沙蕾是我父親的老朋友，和我相識前後只有一年半時間，他就死了。這期間他來我家作客至少在二十次以上，給我寫的信加起來有一百多封，可以說是往來非常密切。可是要講到他對我的影響，應該說主要是靠他四十年代寫的那些詩，與他和我談話寫信沒有特別大的關係，因為我們對人生和文學的看法並不相符。如果非要加以歸屬，沙蕾還是浪漫派或理想主義者，無論人生或者創作都如此，所以我們在一起爭論的時候更多。我曾稱他為「老現代派」，乃是就詩的寫法而言，它們讓我耳目一新；也許更重要的是這些詩的藝術成就所帶來的震撼性，我（父親大概多少也如此）簡直是因之而猛醒了。沙蕾四十年代寫的詩，不知道總共有多少；他在一封信中說曾寄給徐遲一卷手稿，共八十五頁，大約就是全部了，後來發表出來的不過是一部分而已。沙蕾死後，我去他的住處，看到過一些詩稿和畫稿，但是沒敢亂動，只囑咐他最後那位女友，一定要妥為保存。聽說沙蕾的遺物都被他的後人燒掉了，如果這些詩作落得如此下場，那不啻是中國新詩的厄運了。關於中國新詩，我一向不大看好，因為最好的詩人始終得不到標舉，沙蕾即為其中之一，沙蕾詩名不彰，新詩就很難說已經有了公正的標準。

父親寫過一篇長文談論沙蕾的詩，題為〈星斗在黑夜裏播種〉，後來編入《沙鷗談詩》。這篇文章並非父親的上乘之作，因為思路太過清晰，對詩的很好的感覺硬被納入理智的框架裏了。但這大概是迄今為止有關沙蕾惟一一篇評論。沙蕾曾建議我為他寫評傳，我自認沒有這份功力，但是他的詩的特色確實應該找機會討論一下的。關於中國新詩，我想缺乏的是一條大家都義無反顧地願意走的正路，也就是真正對美的追求；個別詩人的確注意到這一點，也曾有所嘗試，但是都還有弱點，譬如徐志摩美則美矣，未免失之於膚淺；何其芳美則美矣，未免失之於陳舊；戴望舒取法稍正，然而好壞參半。沙蕾大概也是如此，他當然也寫過不好的詩，但他那些傑作，如此美而深刻，美而新奇，實在很是罕見。這也正是他不能見容於中國新詩史的原因罷。

重讀沙蕾給我的信，不禁對他充滿了懷念之情。只可惜當時不能珍視，給他回信也總是對他對新生活的嚮往大潑冷水。我不知道那時已是他生命的最後一程了。我關於人生的看法，沙蕾無以改變，雖然他一再試圖改變我；他在文學上的無比熱情，卻不能不說是對我的一種促進。整個八十年代，我在文學上實在很消極，因為和他這番交往，我不得不重新打起精神。他給我寫信講過很多鼓勵的話。如一九八六年二月七日說：「我們不該急功近利，應埋頭寫傳世之作。我的好詩都是像你這樣年紀寫的，你趕快努力吧。和我做朋友我是很嚴格的，一定要對方寫出好東西來。我同樣也想念你們，但一出門就是半天，又那麼遠！等我看到你有精品時即來看你們。」此時我寫了幾篇小說，大約和他的「逼迫」有關，雖然別說「傳世之作」了，就連及格都還差得遠。沙蕾是自覺的詩人，也應該能夠理解，光靠努力遠遠不足以解決全部文學問題。他自己又何嘗不是如此。同年四月二十七日信中說：「詩當然是要寫的，可我實在寫不過三、四十年代時的水平，怎麼辦？」我因此揣想臨終時的沙蕾，我覺得他恐怕別有一種悲哀罷。

沙蕾有個看法，與父親過去講的不謀而合，我以為是很有見地的，見一九八五年八月十九日來信：「如果我們將愛好的作家的作品翻來覆去地讀，十遍二十遍地讀，就會得到他的『真傳』了。」這實際上是他的經驗之談，一九八六年一月八日信中說：「關於寫作，我認為還是要『師承』的，我寫好詩，主要得力於梁宗岱譯的《一切的峰頂》，我想你們除博覽外，還得精讀一最愛的作家的作品，得其神髓，在這基礎上樹立自己的風格。否則莫衷一是，難得成功。」以後我讀周作人，讀廢名，似乎正是循著這個路徑，可是那時沙蕾已不在了。

沙蕾這個人說來很認真，甚至認真到固執，但因而也就不無有趣之處了。譬如我們通信，經常討論的一個問題是彼此之間如何稱呼。他要我直呼其名，這在我是一個困難；一九八五年一月三十一日來信因此說：「你稱呼我名字的確是比較親切的，假如你實在覺得彆扭，那麼就稱呼我為『詩人』好了。」直到第二年五月十日來信，仍提及此事：「『老沙』比『沙老』當然好，可是有一個『老』字，我是不大喜歡的。我們何不洋化，你稱我為S豈不省筆墨？」我當時另外起了個「稗子」的筆名，他來信便這麼叫我，他也因此而自稱「沙子」。他否認有代溝存在，我如何回答的不記得了，或許是說「溝」可免而「代」不可免罷，他在一九八五年一月二十六日信中說：「你說『溝』不存在，我當然相信；至於『代』，以現代派的眼光看來，可能也是一個框框，應該打破；時序可顛倒，那麼，『代』似乎是不存在的。中國人所謂『忘年交』。『忘年』是打破了『代』；『交』是打破了『溝』。」我曾說他「生意盎然」，由此也可見一斑了。

沙蕾逝世後十五日，我寫有〈詩人之死〉一詩，以為悼念：

月光裏有個聲音喚著我

雲朵都鋪成海的波浪
GM：一陣黑色的風暴捲走了他的船
沙灘於是一半歸於黑暗
一半歸於月光；而月光
歸於海，歸於坟塋的濤聲
所有的蚌在一瞬間都張開了
所有的蚌都吐出珍珠
AA：世界上所有的花朵都開了
　　為了迎接他的死
所有的花朵都開作黑色的風暴
為了捲走整個的海
SO：海底是冷寂的
　　像你蒼白的床
月光裏有個人在懸崖般的岸邊

跳啊跳啊伸直了兩隻手臂
我的呼喊因有月光照耀
而變作黑色、變作冷寂

這裏稍加注釋：「GM」即加夫列拉．米斯特拉爾，引句出自她的〈死的十四行詩〉；「AA」即安娜．阿赫瑪托娃，引句出自她的〈詩人之死〉；「SO」即沙鷗，引句出自他的〈哭沙蕾〉。父親的詩寫在我之前一週，後收入詩集《失戀者》。

以上說到的三位，都是我的前輩；接下去要從同輩中挑幾位講講了。按順序第四位是王亞非。在我的文章裏，大概要數「亞非兄」這個名字出現的頻率最多。我也打算寫一篇〈與亞非兄一夕談〉，但是一直沒有寫成，或許因為這「一夕」真夠長的，足足有二十多年呢。而我們之間一向談論的，都是極其嚴肅的話題，旁人聽來沒準兒就要頭疼。王亞非別有事業，就與我的關係而言，他應該算是我長年來的一個傾聽者和確認者。我寫了東西，尤其是自己覺得有點意思的，如果不拿給他看一遍，總歸不大放心；而他所提出的意見又往往最為中肯。寫完《如逝如歌》，我有機會去武漢出差，當時他正患闌尾炎住院，我把詩稿帶到病房去，他看過之後我才覺得是完成了一件事。以後我寫文章，經常在長途電話裏讀給他聽，甚至包括《樗下讀莊》的若干片斷。王亞非不弄文學已經很久，基本上成了純粹的讀者；但是在他所關注所思考的領域，始終保留著一個頻道與我交談，而交談的內容卻幾乎都是由我來決定的，或者乾脆說就是討論我自己的寫作問題。他這個人最嚴肅不過，有點兒不苟言笑，同時又特別隨和，記憶裏從來沒見他生過氣。說來我們的思想，無論人生觀還是文學觀，都不盡相同，但是他在上述交談中，並不以他自己的標準來衡量我，而總是從我的出發點出發，看看我的設想究竟實現了多少，還有什麼不足之處。他由此而提出不少具體的補充意見，我差不多都吸收在文章裏了，所以從某種意義上講，我將其視為我們的共同創作。

父親去世前，特別想和自己的這個侄子見一面，一再問我他還沒有來麼，我覺得父親是依靠這種期待多捱了幾天；王亞非性格上有個特點，用他一句口頭禪來形容就是「莫慌」，結果來晚了。倒是陪了我一段時間。我當時悲痛至極，他建議一起把父親的詩選和論文選擬個綱目，也算是轉移一下注意力罷。弄詩選時，我提出有一首寫給我的〈保定蓮池〉，父親生前也喜歡，是否可以編入；他說這首詩藝術上稍弱，以不入選為宜。我找出各種理由，他很嚴正地說，不敢苟同。到現在我還記得他那個不容商量的神情。這些年裏我們談論文學問題，多有我喜歡而他不喜歡的東西，說來說去，總都歸結為這四個字上。所以他一面是寬容，另一面就是不苟且。但是也不是說他固執。他的看法也有不少改變，但一定要自己想通了才行，別人不能強加意見給他。記得將近二十年前，楊絳的《幹校六記》剛剛發表，我推薦給他，他當初還喜歡楊朔，我們站在王府井書店門口，爭了半天到底誰好，這問題現在想來簡直可笑，當時好像誰也沒有說服誰。可是後來他討厭楊朔之流，只怕不在我之下罷。

前面已經講過，一九七六年我第一次與王亞非見面時，他簡直就是異端。所特別推崇的是兩部書，一是《靜靜的頓河》，一是《文心雕龍》。給我寫過一封將近兩萬字的信，專門談藝術感受，其中大段抄引《靜靜的頓河》，詳細加以分析。他其實始終是個人本主義者，所強調的是生命意識，我覺得他迄今大概受尼采影響最大。這如果拿中國傳統的觀念來比方，也就是「有」。而我則接近於「無」。所以我們很不一樣。他讀書也多用這副眼光，例如《幹校六記》，他特別注意的細節是有個人淹死了，「我慢慢兒地跑到埋人的地方，只看見添了一個扁扁的土饅頭。」他最推崇的風格之一是「飽滿」，詩如此，小說也如此。前些時他從歐洲回來，和我談了一次畫，特別提到席勒、馬克和康定斯基，大約還是因為合乎他「飽滿」的美學觀罷。有一次談起他最喜歡的小說家，排列成三檔：第一檔只有一位，即杜思妥耶夫斯基；第二檔有卡夫卡、博爾赫斯、卡爾維諾和肖洛霍夫（限定於《靜靜的頓河》的作者）；第三檔有莫里亞克、蒲寧和昆德拉。我很推崇的福樓拜和羅伯-格里耶，並不在此之列。大約他的內心深處，比我要熱一些，至少我喜歡的冷靜與克制他不盡認同，但是他對我很能理解。有一回他來我家，幾乎花了整整一個晚上討論我的《如逝如歌》，說寫得很是陰冷，這眼光確實有點厲害。

對王亞非我有句話可以在這裏順便一說，就是以他的文學修養，竟然始終沒有寫出一部有點分量的作品，未免令人遺憾。記得母親也說，你怎麼不登臺，老是在那兒練唱。他很早就熱中文學，所做的準備也很多，很紮實，但是除了很長一段時間都在反覆修改一組題為《黃昏的湖》的詩之外，好像並沒有寫過什麼別的。說來父親對他寄予希望最大，去世前一年，王亞非來京探望，還專門給他講了十幾天的詩，後來我把他的筆記整理成《夏日談詩》，收入《沙鷗談詩》裏。從中可以看出，當父親選擇他為談話對象時，談話所涉及的層面最深。前邊我講他已經別有事業，但還是希望他至少能寫一本書出來，以不負我們的期待。好在他還年輕，寧且俟之來日罷。

第五位是戴大洪。關於他我也寫過好幾篇文章了，如〈挑書〉、〈寄河南〉，還有〈悲觀的理想主義者〉。當年王府井書店每逢週日早晨才賣新書，一開門大家便排成長隊，每種每人限購兩冊。有回大哥去晚了，託排在前頭的他代買，二人因此結識。具體時間他已忘了，只記得第二或第三次見面時，大哥推薦了面世不久的福樓拜的《包法利夫人》，查閱這書出版日期，是在一九七九年九月，那麼是在此之後了。以後大哥經常向我提起這個人來，可是我反應不甚積極，所以很長時間未能結識。這也沒有什麼特別原因，大概還是我的孤傲使然罷。一九八一年夏天，大學裏的一個女同學託我做媒，我不認識什麼人，忽然想起戴大洪來，當時他在北京工業學院讀光學，於是託大哥去請他給介紹一位。我帶著我的同學，他帶著他的同學，還有大哥，在美術館門口見面，然後我們倆就撇開這一干人，去到王府井買書。那次因為他的建議，我買了一套《巨人傳》，這事情我還記得清楚。媒沒有做成，但是我們卻從此成了好朋友。

我曾把我們將近二十年的交往形容為「結伴買書史」，買書的事多很瑣碎，但是他給我的影響，很大成分與此有關：我熱中於外國文學，特別是現代派文學，至少有一部分是因為他推薦我買和讀這方面的書而產生的。他還促成了我對關於書的各種知識，包括寫作年代、源流影響、作者生平等的濃厚興趣。起先還局限於知識層面的瞭解，繼而慢慢建立起一系列自己的看法，實際上這就是一種文學史的意識。當然最初我們希望多掌握一點東西，只是為的買書便利，不然怎麼知道哪本該買，哪本不該買呢。不過那時這方面的現成書籍非常匱乏，已有的一兩種也很粗糙膚淺，像《外國名作家傳》這種玩意兒竟被我們給翻破了。戴大洪有一部英文版的《二十世紀世界文學百科全書》（以後他也推薦我買了一部），他翻譯了不少條目，很多事情都是由打這裏知道的。一九八五年我們打算自己編一部《二十世紀外國文學家辭典》，已分別寫出若干條目，但是規模太大，無力完成，遂改為編纂《二十世紀外國文學家檯曆》，挑選了三百六十五位作家，依生卒時間分別繫於一年各日，每則約四百字，印在檯曆的一面上，大概不多不少。其中我只寫了一小部分，所以應該算是他的著述。聯繫過幾家出版社，都說有興趣，但終於沒能出版。稿子現在還留在他那裏，去年中央臺給他做節目，我在電視上看見了，有久別重逢之感。回想起來，這書有點意思的地方在於作家人選的取捨，經過反覆商議才確定下來，現在回想起來也還覺得眼光不差，譬如非洲只入選三位，一是桑戈爾，一是索因卡，一是戈迪默，桑戈爾當時已經當選為法蘭西學院院士，而後兩位獲得諾貝爾文學獎都還是以後的事情，倒不是說當院士與獲獎足以證明什麼，但總歸有點「先見之明」罷。此外有些入選者如法國的皮埃爾．德里厄．拉羅歇爾（一八九三－一九四五），其實頗為重要，然而好像迄今這裏出版的《外國名作家大詞典》之類的書中仍無條目。那時戴大洪在河南鎮平，我們都是通信商量的。

那一時期，我們見面、通信，時常交流讀書體會。我曾連續寫了四封長信談茨威格的小說，每一封都有六七千字。但是總的來說，戴大洪應該算是我的一個「沉默的朋友」。交流倒還在其次，彼此的存在已經是一種支持了。隨便誇耀別人毫無必要，但他這個人美德確實很多，這裏只揀對我有所觸動的一點來講，即他能夠把對文學的愛好長期保留在單純愛好的範圍內，別無其他任何目的，為此不計代價，全心全意。我們相識時他還在上大學，每月四十塊錢生活費，要拿出將近一半的錢來買書，一到星期天就騎著自行車滿城跑，弄得有點營養不良了，記得母親的一位老朋友在我家見到他，說這個人臉色怎麼這麼難看啊。為了買書他查閱各種資訊，包括《社科新書目》和《上海新書目》，備有一個本子，上面記載打算買的書將於何時何地出版，見面時他就打開本子一一告訴給我。畢業分配到河南後，北京舉辦過幾種外國電影回顧展，他都專程趕來觀看。多買少買一本書，或多看少看一部電影，其實都沒有什麼，何以一定要鍥而不舍呢，大概「愛好」的真正意義就在這裏了。我喜歡文學歷時已久，總還不能捨棄一份功利之心；與戴大洪的一番交往，使得我多少減免一點急功近利的追求，至少也是「雖不能至，心嚮往之」，這是我所深為感謝的。

回想起來，這些年裏有幸認識世間的幾位畸人，他們的見識、品味和價值觀念都與流俗不同，我因此才能有點長進。前面講到的都是，末了還要添上一位洋人，就是Francois Morin。Morin這個名字在我的文章裏也屢屢出現，以致我的表哥從美國回來，見到我就問Morin是誰。他是法國人，我在公司打工時，他在公司代理的一家法國工廠任地區經理，所以我們先是工作關係，而且開始很不融洽，因為他這人做事每每不合商場上的慣例，你若循常規則無以適應。不光是我，幾乎整個公司的人都這麼看，稱之曰「那個破法國人」。一九九四年春天我陪他去上海出差，傍晚往外灘一走，路上忽然談起法國一些作家來，我才發現他原來在文學方面造詣甚深。那天風很大，我們卻在外面談了很久。我提到一位作家，他便一通議論，所言獨出心裁，與以往在書本上所見到者多有出入。原來他根本不是商場中人，而且雖然混跡多年，竟然格格不入。他對我寫些東西能發表，能出版，很感羨慕，歎息說自己還不得不掙錢養家糊口。我給他起過一個「傅默然」的中國名字。此後他來中國多趟，我去法國三次，此外還一同去過日本，彼此之間談話很多，我不過偶爾記錄下來一二而已。

我在法國留下的較深印象，大多與Morin有關。例如一起去羅浮宮，他詳細告訴我他發現那個金字塔入口與周圍建築有什麼關係，譬如塔的形狀與兩側塔樓頂端的鈍三角形相協調；站在宮殿門洞外口看金字塔，塔尖與對面三樓頂部重疊；站在內口看，塔尖又與塔樓的三角形頂端重疊。還有一次去凡爾賽宮（他家就住在附近），正是傍晚時分，我看著暮色中那些樹木，第一次覺得還是古典風景繪畫逼真，印象派畫的倒好像是想像的了。再就是在尼斯附近偶然來到馬諦斯設計的小教堂，這我已經寫在《畫廊故事》裏了。後來他跟我更多談論繪畫，有關高更、馬諦斯、德．斯塔爾和蘇拉吉都曾詳細論說，但他最喜歡的畫家還是馬列維奇。我本來希望和他合寫《畫廊故事》的，可惜未能實現。Morin信東正教，把俄羅斯文學藝術看得比法國的更高，他太太是俄羅斯人，美得出奇，有一次聊天，我提到蒲寧，她卻說最具俄羅斯特色的是列斯科夫。那天我們瞞著她去了

「瘋馬」，事先Morin有點緊張，他也沒去過，怕學壞了。結果卻很釋然，因為只看到美，而且是世間最美的東西。我後來喜愛古代無伴奏的宗教歌唱，也是受到他的啟發。有一次我們到巴黎的克隆尼博物館，在古建築裏聽一個音樂小組演唱十一世紀法國的宗教音樂，至今難以忘懷。Morin在尼斯曾帶我到東正教堂看彌撒，我體會到俄國文學的兩大主角杜思妥耶夫斯基和托爾斯泰，好像不過是要把這莊嚴、繁複、恢宏和深沉的彌撒過程記錄在紙上，而記錄下來的終究只是餘韻而已。Morin最不喜歡「安排」二字，要他幫助做什麼計劃都極力抵制；非得安排不可了，尤其是涉及文化問題，卻又搞得相當繁瑣。有一次我計劃獨自到外省一走，要他提點建議，他打了不知多少電話向朋友諮詢。其實我此前只去過地中海岸邊和羅亞河谷，他隨便指個地方也就是了。末了提出還是去布列塔尼羅，在韋桑島體驗一下大西洋如何荒涼，另外在坎納克看看古人不知出於何種原因留下的一排排大大小小的石頭。坎納克真是個奇特之地，我本來只準備待一天的，上午看石頭陣，下午去博物館，但趕到只差半小時就關門了，博物館的售票員說，這裏內容太多，太精彩，你還是多停留一天，明早再來慢慢參觀。我覺得這個人也有點兒像Morin。

講到Morin給我的影響，他關於文學藝術的那些看法只是一方面，而且說老實話我並不全盤接受，我們見面的時候沒少爭論，例如有一次我們在廣州的珠江邊喝啤酒，談到克林姆和藝術中的精美問題，花了三個小時，意見也不能統一；更重要的還是如中國的一句古語所形容的：「盡信書則不如無書。」此前我對於西方文學藝術的理解，畢竟是在某一既定系統中進行的，不免打上些現成的印記，無論涉及哪位作家或畫家的哪部作品，看法總歸是帶定義的，很難不受到這個系統的限制。換句話說，「我」在「我們」之中，「我」無法徹底脫離「我們」。當然這也是理所當然的，但是如果能夠做到出入自如就好了。Morin可以說是給我提供了一個新的參照係數，與其說教我怎麼看，不如說教我不必一定怎麼看。他的「我」至少對我來說，只是單純的「我」，與我的「我們」了無干係。我因此換了一副眼光。順便說一句，Morin曾在北京師範大學學習，好像研究的是中國古代的天文學之類；在中國去過很多地方，據他說感覺最好的地方是天水和平遙；我送給過他一冊《八大山人畫集》，他很高興，以後經常提到「那些不高興的鳥」；他的中國朋友也不少，其中之一是盛成，一九九四年七月我陪Morin去看過他一次，家居條件很不好，連空調也沒有，老人年過九旬，雙目失明，仍很健談，對境遇似乎完全無動於衷。

二〇〇〇年九月二十一日

我的哥哥

《中國圍棋史話》，一九八七年二月正式出版，小三十二開，正文一百零二頁，作者署名見聞。這可以說是我出版的第一本書，但我向來沒在文字與言談中提到過，因為它其實不是我寫的，寫這書的是我哥哥，「見聞」也是他自擬的與他真名王建文諧音的筆名。

這書出版前九年，他突然離家出走了，從此再也沒有下落。他走的時候，稿子留在了出版社；幾年以後，編輯忽然來聯繫此事，若說作者不在恐怕就有麻煩，只好由我頂替他出面應付。以後又要出，又不要出，幾番周折，都是我算作作者經手辦的，結果出版時我就成了作者。但我署了哥哥的筆名，這樣我知道這書就還是他的。

我父親去年年底去世，他的老朋友巴波寫的悼念他的文章中有一段「贅語」：

詩人沙鷗走了！

他還有一個非常聰慧的兒子東東，從「文革」至今沒有一點音訊，這是無可挽回的遺憾！希望這種日子不會再來！

這是世間第一次清清楚楚地寫到我哥哥的事情。這使我感動，同時也使我愧怍，因為作為手足我從來沒有為他寫點什麼。我總覺得這是家事，不該拿來打擾不相識的讀者，雖然這些年我一直想念著哥哥，常常夢見他。現在我也不想破了這個不說家事的例，但《中國圍棋史話》的事可以一提，不管怎麼說這是哥哥與世界發生的一次聯繫，或許是迄今唯一的聯繫，總歸在他的生涯中做了這麼一件事，不能埋沒了。我不寫也是因為怕惹母親傷心，但哥哥曾經出版過一本書，這也該算是兒子奉獻給母親的一份光榮了罷。

七十年代初我哥哥拜國手過旭初、過惕生兄弟為師學習圍棋。他十六歲下鄉，後來病退回來，沒有工作。學棋是為了能有一樣謀生的本事。當時「謀生」的概念與現在多少有點兒不同，應該從這兩個字原始的意義上去理解，即謀求生存。哥哥是很敏感的一個人，對於生存的問題尤其敏感，以後他的出走也是因為他覺得不能在原來的環境裏生存下去了。有名家指點他的棋藝果然頗有長進，但那時他已二十歲，到底學得太晚，前途還是渺茫的，所以就又想轉到與圍棋有關的文字工作上，曾經協助二過老總結其下棋經驗，又打算幫他完成施襄夏〈凡遇要處總訣〉的解說，不知為什麼這兩件事都沒有做下去。後來他起念要寫中國圍棋的歷史，當時這方面差不多還是空白，而黃俊著錄歷代弈手的《弈人傳》尚未出版，後來我買著嶽麓書社出的這書，就想若是哥哥早點見到可以省他好些力氣了。他先從查閱史料入手，除一些筆記野史外，二十四史也認認真真地翻過一遍，現在家中有一套《南史》、《北史》是他留下的，書裏還有他夾的紙條兒。哥哥文化水平不高，只有初中畢業，而且又是不好好念書的年月，連這個學歷也要打一些折扣，看古書與寫作對於他都是一件困難的事，但他到底是做成了。巴波給他下的考語是「非常聰慧」，我想從這一點看他也是擔當得起這四個字的。當然說來寫書這事也不能給他的人生足夠鼓勵，他走後九年書才印出來，實在也太遲了。

父親去世前一年寫過一首關於我哥哥的詩，收在《失戀者》裏，寫到恍惚在街上見到了他，以及很多年前在火爐旁和他一起玩擲骰子的遊戲。這首詩題為〈我的兒子〉，是我的建議；不用別的篇名，因為我覺得哥哥還活著。那年他突然離家出走主要是因為絕望，但絕望而選擇出走，說明他還有他的希望。我當他是一個漂泊天涯的遊子；漂泊慣了，可能還不想回來。十七年了，對於遊子來說或許太短，但對於企盼他回來的家人來說就太長，父親已經去世，別的人老了，或者快要老了。哥哥的書出版好久了，他一定還沒有看到，但這書印了三萬冊，沒準兒還能有機會。我幻想有一天那個遊子趕路倦了，走進一家小書店稍事休息，隨便翻翻架上的讀物，然後他就闔上書本，從此踏上回家的路程。

一九九五年九月八日

我的朋友過士行

士行兄是我交往了二十多年的朋友；但是要讓我提供一些他的早期情況，就是說作為劇作家過士行的「史前史」，也是困難的。那時我還太小。他第一次來我家大概是在一九七二年。後來他告訴我，當時我仰臥床上讀書，並不理會來人。我不知道我是否真有這麼傲慢，但他是什麼樣子我記不住了，彷彿跟現在大家見到的這個矮胖、笑容可掬的人也差不太多罷，只是還很年輕。那會兒我哥哥和他一起向他祖父與叔祖旭初、惕生二老學習圍棋。他們常常在我家窗外的絲瓜架下對弈，可是我印象最深的還是他的兩位爺爺。同時他又跟我父親沙鷗先生學過寫作，這我也沒怎麼參與。士行兄的早期作品有下列這些：一個電影劇本（名字忘了），一部中篇小說〈皮球的故事〉和幾十首短詩。他的小說寫一個作家的孩子在「文革」初起時的遭遇，結尾是一群流浪兒撕大字報賣廢紙。

與好幾年後的「傷痕文學」比起來士行兄還是一個先行者；說的嚴重點兒，他寫的不是傷痕，是正在流血的傷口呢。士行兄的這些作品從來沒有發表過。詩我倒是和他在一起寫的，那是七六年四月初，他約我到頤和園玩。往常去那裏總是前山後山一轉，前山富麗，後山恬淡；他說其實西堤一帶別有風致，有荒蕪之美。多年沒去那裏，也不知現在是否還是這樣，但這是我第一次知道此人會玩。回過頭看，「玩」之於士行兄就太是一件事情了。回家我們各自寫了幾首山水詩，在我這是此後十幾年寫詩的開端，士行兄在這方面算得上是我的一個領路的人；他則好像寫了一些就不寫了。我們一起寫詩的事原本不大值得一提，我有時還回想起來是覺得那時真好情致，而且在當時寫作只是興趣所在，全無發表的可能（他寫電影劇本什麼的就更是如此了），可是卻都寫得很認真，寫了還要在一塊兒細細推敲，這種無為而為的舉動恐怕如今不論我們還是別人都不幹了罷。再就是得見士行兄身上詩人這一面，而且在我看來還是主要的一面，說來多少年也沒有改變。後來有時我們說起什麼來他總有所感動，那純然是一種詩人的感動，我就知道他還是如此。以我而言，雖然在這方面花過老大功夫，但若論詩人氣質比起士行兄越來越差得多——在把人說成「詩人」已不算什麼美譽的今天，我說這話自有我的理解，簡直是不能不這樣說了。

後來有許多年我們過往不算太密，這期間他由一個車工變為北京有名的記者，常常在晚報上看見他以「山海客」為筆名寫的戲曲方面的評論和隨筆。他還一直在玩：除了繼續下棋外，釣魚、養鳥、養蟋蟀，玩一門專一門，都玩到可以成家的程度。他後來告訴我，釣魚的時候「做夢都夢見魚」。這個人實在是多才多藝。但這些東西我都不大懂，也就不能贊一辭，有時我倒是略感悵然地想起當年我們在一起的時日——文學對士行兄來說是不是也像很多人一樣，是青春時候所發的一場熱病呢。直到大前年初的一個晚上，我去首都劇場看契訶夫的《三姊妹》，散場的時候在門口碰見他，已經留起鬍子，他問我想不想聽他念一個劇本。我跟他去到劇場後面樓上一間小屋裏，他展讀一卷手稿，就是後來轟動北京的《鳥人》。我當時第一個感覺就是全部人生對於文學家來說總都不會浪費，都將在他筆下次第展開，在士行兄可以說是積蘊得太久了。後來他跟我說：「我寫的都是我熱中過的東西，我都曾全身心地投入。」那天直到三四點鐘我才回家，記得是很冷的一夜，但我很替朋友高興。《鳥人》上演後，我走過人藝的門口看見買票的人排成大隊，回到辦公室也有人說起這戲，在劇場裏還聽見小姑娘們在議論過士行這人如何如何。有一回我問他怎麼又回到文學來，他說八八年曾用余秋雨的《藝術創造工程》向人換了本鈴木大拙與佛洛姆合著的《禪與精神分析》，「鈴木用語言表達了『拈花微笑』那種只可意會不可言傳的美。這本書使我開悟，從此決定寫戲。」恰恰我這些年亦於禪宗稍稍留心，在北京我們就成了可以談禪的朋友。我想可以用鈴木的一句話來解釋他的意思：「悟突入於存在的根源，所以它的獲得常常劃出人生的分界線。」《鳥人》在劇場裏效果有些過分好了，大家恐怕是拿它當作一種針砭時弊的「脫口秀」看；又有人從常規邏輯出發，覺得後面的京劇審案未免突兀。其實這整齣戲就是一個公案，充滿了對於文化的消解意味：用精神分析來消解養鳥，用京劇來消解精神分析，而那樣地處理京劇，京劇本身也被消解了。開悟也就是別具隻眼，或者說看透了，這齣戲最可以說明他的「悟」了。

《鳥人》之後士行兄又寫了《棋人》。他生在圍棋世家，這個淵源於他也就太深。乃先祖過百齡是明末清初大家，圍棋史上劃時代的人物，士行兄的名字我想就取自《無錫縣志》關於他的一句描述：「其人雅馴有士行。」或許年代久遠，資料又匱乏，我們於當年人物不能多有瞭解，但旭初、惕生二老我是見過的，而見過也就忘不了，後來的人再見不著也只能說是沒有眼福。從前秦松齡在〈過百齡傳〉裏描寫其與名手林符卿對弈的情景：「枰未半，林君面頸發赤熱，而百齡信手以應，旁若無人。」憶起二老這裏所謂「信手以應，旁若無人」八個字真不免是犁然有當於心了。附帶說一句，現在回想這樣瀟灑、不染俗塵的氣分兒竟是在七十年代初的中國那麼一個黯淡乏味的背景裏，不禁要感到駭異，其謫仙人也乎。這個記憶看見士行兄就要想起來，我知道他是他們的後人。士行兄從前跟我父親學過幾年詩，他多次跟我講我父親關於意境的說法對他影響很大，說實話幾十年間跟我父親學詩的人很多，連他同輩的朋友都有模仿他的，但寫出了《棋人》的士行兄才真正算是接了他寫詩的衣缽。這齣戲表現生命的無奈與寂寞，達成那麼一個空曠遼遠的意境，我就明白原來先輩師長，還有詩和棋，這些都是活在他的血裏，然後順著他的筆一點點流淌出來。他來我家念劇本是在前年九月，那天正趕上我得知父親病勢惡化；我邊聽邊生出許多感慨，晚上又喝了一點酒，我忽然抱住父親大哭了一場。對於一個作家來說，大概總有一件作品是非寫不可的；我也算是多少瞭解士行兄的罷，我想拿這副眼光來看他的《棋人》。

士行兄還寫了《魚人》。這齣戲寫的是人回歸自然的悲壯與尷尬。「回歸自然」是一句很理想的話，然而所要回歸的對象和回歸的方式，都只能使我們感到這也僅僅是理想而已，雖然不失是個很好的理想。《魚人》有一種磅礴大氣；如果說《鳥人》是怪誕劇，《棋人》是詩劇，那麼這可以說是一齣史詩劇。其實《魚人》寫成還在《鳥人》之前，上演卻將在《棋人》之後：如果真有命運的話，它只是叫士行兄更大器晚成兩三年而已。

在他的三齣戲裏，雖然都取材於通常認為是接近「市井文化」的東西，但他的主人公，無論是《鳥人》裏的三爺，《棋人》裏的何雲清，還是《魚人》裏的釣神，卻都是普通人裏的大師，都是那一行當裏的出類拔萃的人物。這使我想起《莊子》裏那些專一技者，比如「梓慶削木為鐻，鐻成，見者驚猶鬼神。」（〈達生〉）三爺他們都是這裏的梓慶，他們和他們的生命所投注的對象都是令人「驚猶鬼神」的。士行兄也像莊子那樣，把這樣的人看成是道的體現者，他其實只對非同凡響的人感興趣。說來這也來自他的人生體驗，他說：「這些年來，下棋，寫詩，釣魚，養鳥，還有京劇，我接觸過的都是那個領域裏的頂尖人物，真好像是天佑神助。用梨園行的一句話說是『要投明師』，明白的明。」這些大師在他的戲裏混跡於群眾之中，但與群眾從根本上說是隔絕的；為群眾所崇敬，卻不為群眾所理解。記得他對我說過：「『一將功成萬骨枯』，萬骨都沒了，留下的只有將，也可以說將是萬骨的魂。」但他並不是一個英雄主義者，他筆下的大師與他們為之獻身的東西，如三爺與鳥，何雲清與棋，鈞神與魚，有著一種互為指喻的關係，他們悲劇的命運是共同的：道都被有相當層次的世俗的東西吞沒了，在《鳥人》裏是心理學家，《棋人》裏是司慧，《魚人》裏是老于頭；所有真正的技藝在這個時代都已經沒用了，現代文明最終使一切藝術都失去了存身之地。我看他的戲，總能感到這種深深的悲哀。

有一次士行兄和我談到他寫戲，說對他影響最深的是迪倫馬特：「《天使來到巴比倫》、《羅慕路斯大帝》都是無與倫比的。那種睿智，看待世界的悖論方式，恰恰與禪宗可以相互印證，有些很妙的地方甚至可以成為公案。」據他說看劇本都是體會而不是分析，但有一次他提到《雷雨》第三幕裏傳來胡琴聲和唱聲，魯大海問是誰快十點半還在唱，四鳳就說一個瞎子同他老婆，每天在這兒賣唱，這細節後來並沒什麼用；他說這麼精致的劇本也有不必交待而交待過繁之處。想來他當是下過一番金批《水滸》般的功夫。當初寫戲而不寫別的，他自己說是因為大家都講劇本結構太難，他倒要試試看；我想他評論介紹戲劇多年，大概覺得值得評介的越來越少，不免有一種寂寞罷。而等到他寫戲了，他的寂寞只怕是更多了：他的三齣戲，我覺得從切入點到手法，在中國戲劇史上都是很新的東西，但他在戲劇美學上的種種追求，好像還沒有人認真予以研究。看了上演的《鳥人》和《棋人》，我總感覺與原劇本有點兒走樣，比如前者本是消解意義的，結尾卻被賦予了一種意義；後者本是有意義的，卻被大肆消解——說實話看《棋人》時不免有些傷心。士行兄說：「我曾悲歎文學生涯開始太晚，現在慶幸沒那麼早，沒開悟就寫東西誤人誤己。」但是他要不被人誤還得要靠有人能悟他才行，在一個大家都奔逐於浮躁、功利和溫情之間的年頭兒，我眼裏的士行兄彷彿也逃脫不了他筆下三爺、何雲清與釣神的命運。

一九九六年九月一日

西施的結局

關於西施的結局，歷來有兩種不同的說法：一是滅吳後越王即把她沉江處死，一是范蠡隱退時帶她一起遠走高飛。楊慎是力主前一種說法的，《升庵全集》中有云：

世傳西施隨范蠡去，不見所出，只因杜牧「一舸隨鴟夷」之句而附會也。《墨子》曰：「西施之沉，其美也。」墨子去吳越之世甚近，所書得其真。《修文御覽》引《吳越春秋》逸篇云：「吳亡後，越浮西施於江，令隨鴟夷以終。」此正與墨子合。蓋吳既滅，越沉西施於江。浮，沉也，反言耳。隨鴟夷者，子胥之譖死，西施有力焉。胥死，盛以鴟夷。今沉西施，所以報子胥之忠，故云隨鴟夷以終。范蠡去越，亦號鴟夷子皮，杜牧遂以子胥鴟夷為范蠡之鴟夷，乃影撰此事以墮後人於疑網也。

這實在是很煞風景的話。張燧《千百年眼》、孫詒讓《墨子閒詁》、馮集梧《樊川詩集注》等都是類似看法。從前李商隱寫過〈景陽井〉：「惆悵吳王宮外水，濁泥猶得葬西施。」皮日休寫過〈館娃宮懷古〉：「不知水葬歸何處，溪月彎彎欲效顰。」詩意都很淒涼，但總歸相信事實如此。這事實也太叫人洩氣。大功告成，西施不再有用，或許將來反倒禍害自家，而使美人計亦不光彩，該提倡的還是伍子胥那種人人看得見的忠，所以就把她與吳國奸佞伯嚭一併除掉。美人薄命竟薄到這個分兒上。

然而堅信西施該有個好結局的也大有人在。如蘇軾〈水龍吟〉：「五湖聞道，扁舟歸去，仍攜西子。」吳偉業〈核桃船〉：「三士漫成齊相計，五湖好載越姝行。」王曇〈留侯祠〉：「君不見五湖范蠡載西施，一舸鴟夷去已還。」等等。英雄美女，攜手天涯，真是太理想了。《吳越春秋》記載范蠡走後，「越王乃收其妻子，封百里之地，」連家眷也沒帶著，一個人漂泊未免有點欠缺，正好把西施配上，這樣西施也有個著落。《史記・貨殖列傳》說范蠡後來很會做買賣，「十九年之中三致千金」，那麼西施成了闊太太了，這豈不更是添彩嗎？

梁辰魚作《浣紗記》則把這種理想的大團圓結局寫盡寫足，此外他還添加了一個合乎理想的開頭。他寫他們早就是情人，范蠡初逢西施就說：「你是上界神仙，偶謫人世。如此豔質，豈配凡夫。你既無婚，我亦未娶，即圖同居丘壑，以結姻盟。」正所謂一見鍾情。但因社稷傾覆，不能再見。西施害了相思病，遂用上「捧心」那典故。三年後范蠡來找西施，非是迎娶，反倒勸她以國家為重，去當臥榻間諜。待到成功後二人重逢於太湖之濱，各有一番表白：

（旦）妾乃白屋寒娥，黃茅下妾，惟冀得配君子。不意苟合吳王，摧殘風雨，已破豆蔻之梢；斷送韶華，遂折芙蓉之蒂。不堪奉爾中饋，未可元君下陳。

（生）我實霄殿金童，卿乃天宮玉女，雙遭微遣，兩謫人間。故鄙人為奴石室，本是宿緣；芳卿作妾吳宮，實由塵劫。今續百世已斷之契，要結三生未了之姻。始離迷途，方歸正道。

這就把一切洗刷盡了，都成了新人。然後范蠡說：「美人，我和你早些登舟去罷。」這時漁翁問：「不知相公海上要到那一方？若出了海，北風往廣東，西風往日本，南風往齊國，今日恰是南風。」范蠡不無瀟灑地說：「既是南風，就往齊國去罷。」我讀《浣紗記》，覺得理想浪漫得一似好萊塢的影片了。

吳偉業詩〈戲題仕女圖・一舸〉云：

霸越亡吳計已行，論功何物賞傾城。西施亦有弓藏懼，不獨鴟夷變姓名。

西施作為一個「智謀美女」在這裏被完善了。據《吳越春秋》，她赴吳前受過三年訓練，自然不再是頭腦簡單的「苧蘿山采薪之女」，在吳王跟前又用過多少心計，說得上是幹練的職業特務了，「越王為人長頸鳥喙，鷹視狼步」，她也看在眼裏，「可與共患難而不可共處樂，可與履危，不可與安」以及「高鳥已散，良弓將藏；狡兔已盡，良犬就烹」她就不應該不明白，所以這份謀略不可以讓范蠡獨享。這裏的西施是一個掌握自己命運，不依附於任何人（包括范蠡在內）的形象。以這副眼光去看前引《浣紗記》中她與范蠡那段對話就別有意思：完全是智力遊戲，話裏有話，但既然彼此明白心思，又是利害相當，倒不妨聯手行動，另開一處碼頭呢。

姚寬《西溪叢語》則說：

《吳越春秋》云：「吳國亡，西子被殺。」杜牧之詩云：「西子下姑蘇，一舸逐鴟夷。」東坡詞云：「五湖聞道，扁舟歸去，仍攜西子。」予問王性之，性之云：「西子自下姑蘇，一舸自逐范蠡，遂為兩義，不可云范蠡將西子去也。」嘗疑之，別無所據。因觀唐《景龍文館記》宋之問分題得〈浣紗篇〉云：「越女顏如花，越王聞浣紗。國微不自寵，獻作吳宮娃。山藪半潛匿，苧蘿更蒙遮。一行霸句踐，再笑傾夫差。豔色奪常人，效顰亦相誇。一朝還舊國，靚妝尋若耶。鳥驚入松網，魚畏沉荷花。始覺冶容妄，方悟群心邪。」此詩云復還會稽，又與前不同，當更詳考。

依此說來，西施與范蠡是各奔各的前程，她還保留了一個善終的結局，只是殊少些抒情氣息耳。在宋之問的詩裏，西施洗盡鉛華，返歸自然，好像還可以重過她的村姑生涯。

羅大經《鶴林玉露》不同意這一說法，他還是說西施確係跟隨范蠡，但解釋有所不同：

范蠡霸越之後，脫屣富貴，扁舟五湖，可謂一塵不染矣。然猶挾西施以行，蠡非悅其色也，蓋懼其復以蠱吳者而蠱越，則越不可保矣。於是挾之以行，以絕越之禍基，是蠡雖去越，未嘗忘越也。

羅氏是道學家，這裏所說猶見刻薄，可謂誅心之論。傳說中西施的兩種結局，其一則越王未免不義，其二則范蠡只顧自己。經他這麼一說，於是范蠡成了良臣的楷模，既解卻國君的惡名，又使自己能繼續履行為臣的職責。在西施沉江的說法中，本來就有著濃重的仇視女性的心理，羅氏的議論則把它推到極端的程度上。附帶說一句，在《浣紗記》中最後范蠡也吟著「載去西施豈無意，恐留傾國更迷君」的詩句，不知是否受了《鶴林玉露》的影響，但在那麼一齣浪漫劇裏卻不能不說是敗筆了。

西施的兩種結局完全兩樣，取此則必捨彼，所以多少年裏總是公說公有理，婆說婆有理。直到艾衲居士寫《豆棚閒話》，才把它們撮合在一起，成就了一種新的說法，見該書第二則「范少伯水葬西施」：

後來人都說越王長頸鳥喙，可與共患難，不可與共安樂。那知范大夫句句說著自己本相，平時做官的時節，處處藏下些金銀寶貝，到後來假名隱姓，叫做陶朱公，「陶朱」者，「逃」其「誅」也。不幾年間，成了許多家貲，都是當年這些積蓄。難道他有甚麼指石為金手段嗎？那許多曖昧心腸，只有西子知道。西子未免妝妖做勢，逞吳國娘娘舊時氣質，籠絡著他。那范大夫心腸卻又與向日不同了：與其日後洩露，被越王追尋起來，不若依舊放出那謀國的手段，只說請西子起觀月色。西子晚妝才罷，正待出來舉杯問月，憑弔千秋；不料范大夫有心算計，覷著冷處，出其不意，當胸一推，撲的一聲，直往水晶宮裏去了。正是：「只今惟有西江月，曾照吳王宮裏人。」

西施是跟著范蠡去了，西施也是被沉江而死——沉她的正是她所跟著的范蠡。這是一個再殘酷不過的結局，但其中卻有著對人性的深入剖析：越王陰險，范蠡陰險更過越王，就連西施也未必就是有貌有才又兼有情的理想化身。這就徹底打破了大團圓的傳統觀念，大概說得上是歷史上中國人的意識的一次變革罷。美國人Ｐ．韓南在所著《中國白話小說史》對此書頗加揄揚，說它「標誌著和中國白話小說本身的基本模式和方法的決裂」。又說，「艾衲的小說有許多取材於一向被尊崇地處理的神話或傳說。作者從對宇宙道德原則的懷疑出發，卻以諷刺的筆法來處理，頗似魯迅的《故事新編》。」這都是獨具慧眼的看法，而他說的「傳說」之一就是西施的故事。《豆棚閒話》不僅為西施設計了一個頗具現代意識的結局，而且也針對《浣紗記》所描繪的范蠡西施故事一見鍾情的開端作了翻案文章：

那范大夫看見富貴家女人打扮，調脂弄粉，高髻宮妝，委實平時看得厭了。一日山行，忽然遇著淡雅新妝波俏女子，就道標緻之極。其實也只平常。又見他小門深巷許多醜頭怪腦的東施圍聚左右，獨有他年紀不大不小，舉止嫻雅，又曉得幾句在行說話，怎麼范大夫不就動心？……一別三年，在別人也丟在腦後多時了，那知人也不去娶他，他也不曾嫁人，心裏遂害了一個癡心痛病。及至相逢，話到那國勢傾頹，靠他做事，他也就呆呆的跟他走了。

在艾衲居士的筆下，西施的整個生涯就是這樣毫無浪漫色彩，沒有什麼叫人豔羨的地方，甚至她最後的死，也不想彷彿傳統小說那樣要渲染起讀者的悲哀之情。我讀過的中國古代小說裏，《豆棚閒話》大概算是最冷峻、最黑暗的了。

一九九五年七月八日

在死與死之間

不久前我在魯迅博物館裏看見他在一九三六年十月十八日寫給內山完造的一封信，或者說是一個便條也行，是用日文寫的，字跡歪歪扭扭，全然不是慣常所見的「魯迅體」了。《全集》裏收有此信的譯文：

> 沒想到半夜又氣喘起來。因此，十點鐘的約會去不成了，很抱歉。拜託你給須藤先生掛個電話，請他速來看一下。

這是魯迅的絕筆，他就死在第二天。博物館裏還有他的遺容的照片，半睜著眼睛，瘦得不成樣子，這照片我很小的時候就在他的書裏見過，一直都不能忘記。那天我忽然很難過。我覺得那信的字裏行間有著一種生的掙扎，是垂死者最後竭盡全力要抓住一點什麼，抓住那一點就抓住了驟然逝去的一切；然而這是徒勞的。我第一次這麼清楚地感受到整整六十年前那個生命不可挽回的完結，彷彿是大幕轟然落下；雖然他有他不朽的著作和巨大的影響，但從此魯迅和我們之間就永遠為他的死所隔絕著了。

其實根據各種記載看，魯迅在此前差不多已經死過一次。這年六月六日，他中斷了堅持記了多年的日記，過了二十四天才寫下這樣一段話：

自此以後，日漸委頓，終至艱於起坐，遂不復記。其間一時頗虞奄忽，但竟漸愈，稍能坐立誦讀，至今則可略作數十字矣。但日記是否以明日始，則近頗懶散，未能定也。六月三十下午大熱時志。

這裏的「頗虞奄忽」，在八月六日致時玳的信裏說是「幾乎死掉」，此後寫的〈「這也是生活」……〉一文裏，則有更詳細的描述：

我的確什麼欲望也沒有，似乎一切都和我不相干，所有舉動都是多事，我沒有想到死，但也沒有覺得生；這就是所謂「無欲望狀態」，是死亡的第一步。

但是魯迅竟穿越了這個死亡，或者說死亡的感覺，他又活了過來。距離最後十月十九日的逝世，又活了一百一十一天。我們可以把這兩次死之間看成是魯迅一生中的一個雖然十分短暫但很特殊的階段。對於生命他一向感受得很透徹；但在這個階段裏，我覺得他的感受是有著一些新的內容。

從魯迅這期間的日記和書信裏，我們可以比較清晰地瞭解他的病情變化和治療情況。好像秋意越來越深了，有不勝悲涼之感。在他筆下時而能看到「不知道何時可以見好，或者不救」（九月十五日致王冶秋）和「病還不肯離開我」（十月十五日致曹白）這樣的話。他始終是被肺病折磨著：幾乎逐日接受注射，間斷地發熱，以及吐血——八月十三日日記中有「夜始於痰中見血」的記載，十六日在致沈雁冰的信裏說：「肺則於十三、四兩日中，使我吐血數十口。」從七月初直到九月，他都在策劃易地療養，也是在致沈的這封信裏說：「轉地實為必要，至少，換換空氣，也是好的。」甚至連去療養的地點和有關種種細節都設想好了，只是因為不能離開醫生而最終未能成行。所有這一切都殘酷地提醒我們他的病況是多麼嚴重，以及最後的死並非突然。但這只是一個方面而已。另一方面或許就更重要：我們也能在他的日記裏看到「不發熱」、「是日不發熱」之類的記錄，那好像是向長久折磨他的疾病做出的某種挑釁似的，在這裏我能感到他生命的倔強之處。由此可以聯繫到魯迅在這樣的境況裏更多地是怎樣談論他的病情及其前景去看這件事情。七月六日他給母親寫信，那是剛從「幾乎死掉」中掙脫出來：

近日病狀，幾乎退盡，胃口早已復元，臉色亦早恢復，惟每日仍發微熱，但不高，則凡生肺病的人，無不如此，醫生每日來注射，據云數日後即可不發，而且再過兩星期，也可以停止吃藥了。所以病已向愈，萬請勿念為要。

同日致曹靖華的信裏也說：

不過這回總算又好起來了，可釋遠念。此後只要注意不傷風，不過勞，就不至於復發。肺結核對於青年是險症，但對老人卻是並不致命的。

此後他不斷地向他的親友們報告他對自己身體狀況的樂觀判斷：「我的病已告一段落」（八月二日致曹白），「我的病又好一點」（八月七日致趙家璧），「病比先前已好得多」（八月二十五日致母親），「近日情形，比先前又好一點」（九月二十二日致母親），「賤恙漸向愈」（十月十二日致宋琳），等等。去世前五天在致端木蕻良的信中所說就更為懇切：

五十歲以上的人，只要小心一點，帶著肺病活十來年，並非難事，那時即使並非肺病，也得死掉了，所以不成問題的……

直到去世前兩天致曹靖華的信還滿是樂觀的氣氛：

我病醫療多日，打針與服藥並行，十日前均停止，以觀結果，而不料竟又發熱，蓋有在肺尖之結核一處，尚在活動也。日內當又開手療治之。此病雖糾纏，但在我之年齡，已不危險，終當有痊可之一日，請勿念為要。

然而繼之而來的就是他的絕筆，他的死……我曾經反覆讀過多遍他最後的日記與書信，當我循著這樣一個思路，也可以說是魯迅自己的思路，我就根本不能到達那最終的死，總感到其間有一種斷離，使得我至今幾乎很難接受那個六十年前已經是事實了的事實。魯迅是學醫出身，我不相信他於此無知或全然是盲目樂觀。我想在他這期間的日記與書信中出現的這種矛盾的背後是隱藏著一個東西：這之前他經歷了「幾乎死掉」，因而他就更熱愛生，更希望能活下去，或者說堅持要活下去，也許這是人之為人的一個很基本的願望。魯迅曾經自號「俟堂」，有待死之意，那是在他身體康健沒有死的危險的時候；這回真的要死了，他卻反覆地講著自己不會死的話。在這期間他還寫過〈死〉，一般認為是當遺囑寫的，我現在卻不這樣看，我覺得這文章並非寫在死前，卻是寫在「死」後，是重新回到生之後對曾經經歷過的死的回顧，那結尾處「後來，卻有了轉機，好起來了」的話也就並非是閒筆。魯迅信裏所有樂觀言語與其說是寫給親友們，還不如說是寫給他自己的，是對自己日趨衰亡的生命的一種鼓勵，一種支持，他把這種鼓勵與支持差不多堅持到生命的最後一刻。這也是我看到他的絕筆信和遺容照片特別感到心酸的地方。

當然在最後的時日裏，魯迅也是魯迅，也還是那個二十九年前在〈摩羅詩力說〉裏昭示的「摩羅詩人」和十八年前在〈狂人日記〉裏塑造的「狂人」，他一如既往地關懷這世界，一直抗爭黑暗到死；他的非同尋常的藝術創造力也沒有衰退，所寫的洋溢著獰厲之美的〈女吊〉和筆墨潤澤舒展的〈因太炎先生而想起的二三事〉（因他的死而未完成），都可以入得他一生中最好的文學作品之列；同時我們也看到他是更從細微之處去珍惜生活了——也許是因為他穿越了死而對生的體會更深，他的生意也就更濃。對魯迅來說，抗爭死亡也正是在抗爭黑暗。在〈「這也是生活」……〉裏，他曾描寫過他「幾乎死掉」而又活過來後的一個細節：

有了轉機之後四五天的夜裏，我醒來了，喊醒了廣平。

「給我喝一點水。並且去開開電燈，給我看來看去的看一下。」

「為什麼？……」她的聲音有些驚慌，大約是以為我在講昏話。

「因為我要過活。你懂得麼？這也是生活呀。我要看來看去的看一下。」

然後又寫道：

街燈的光穿窗而入，屋子裏顯出微明，我大略一看，熟識的牆壁，壁端的棱線，熟識的書堆，堆邊的未訂的畫集，外面的進行著的夜，無窮的遠方，無數的人們，都和我有關。我存在著，我在生活，我將生活下去，我開始覺得自己更切實了，我有動作的欲望——但不久我又墜入了睡眠。

每次讀到這段文字我都有一種特別的感動。獲得生命和獲得生命之後的安詳，或許只有經歷過死的人才有這樣的感受，也只有像魯迅這樣熱愛生的人才能如此真率地表達這種生命的感受——那是我在別處從來沒有讀到過的。我覺得這篇文章對於理解魯迅最後這一階段（以及理解整個魯迅）有著特別的意義，也可以說是他給我們留下的一把鑰匙罷。而見於他的日記和書信中的一些似乎瑣碎的事情正可以證實我在這裏所表述的對他的印象，如果放它們在魯迅最後的死這樣一個背景下的話。

如八月二十五日日記記載：

午後靖華寄贈猴頭菌四枚，羊肚菌一合，靈寶棗二升。

從兩天後他給曹靖華的信中能看出此事帶給他多少生趣：

紅棗極佳，為南中所無法購得，羊肚亦作湯吃過，甚鮮。猴頭聞所未聞，誠為珍品，擬俟有客時食之。但我想，如經植物學家及農學家研究，也許有法培養。

再過十一天他又寫信，對此還是津津樂道：

猴頭已吃過一次，味確很好，但與一般蘑菇類頗不同。南邊人簡直不知道這名字。說到食的珍品，是「燕窩魚翅」，其實這兩種本身並無味，全靠配料，如雞湯、筍、冰糖……的。

十月十日，也就是去世前九天，日記記載：

午後同廣平攜海嬰並邀瑪理往上海大戲院觀《Dubrovsky》，甚佳。

魯迅是很喜歡看電影的，這個十月他一共只活了十九天，據日記記載就去看了三部片子，但似乎以這最後一次給他帶來的喜悅為最大。當天他就寫信給黃源：

今日往上海大戲院觀普式庚之《Dubrovsky》（華名《復仇遇豔》，聞係檢查官所改），覺得很好，快去看一看罷。

又寫信給黎烈文：

午後至上海大戲院觀《復仇遇豔》（《Dubrovsky》by Pushkin），以為甚佳，不可不看也。

在信末他還寫了「特此鼓動」一語。在我看來，這都是很可令人親近而又不能不感到難過的；這裏的魯迅大概只有「赤子之心」一語可以用來形容罷。另外七月二十三日他對捷克譯者雅羅斯拉夫・普實克有關《吶喊》稿費的答覆亦使我有此感覺：

至於報酬，無論那一國翻譯我的作品，我是都不取的，歷來如此。但對於捷克，我卻有一種希望，就是：當作報酬，給我幾幅捷克古今文學家的畫像的複製品，或者版畫(Graphik)，因為這紹介到中國的時候，可以同時知道兩個人：文學家和美術家。倘若這種畫片難得，就給我一本捷克文的有名文學作品，要插畫很多的本子，我可以作為紀念。我至今為止，還沒有見過捷克文的書。

而十月十一日日記更有這樣的記載：

同廣平攜海嬰往法租界看屋。

記得最初讀《魯迅日記》竟把這句話給漏過去了，大概是因為我絕想不到在他去世前八天還會有這樣的舉動。這是他最後的一項重要計劃，在通信裏對此有過詳細的說明，如「頗擬搬往法租界，擇僻靜處養病，而屋尚未覓定」（十月十二日致宋琳）和「條件很難，一要租界，二要價廉，三要清靜」（十月六日致曹白）等，我覺得在那時魯迅的眼裏，他的生活還有著很長的前景；而滿懷信心注視著那前景的魯迅是一個很可愛的人。

我在這裏所看到的魯迅就是從最質樸的意義出發去熱愛生命，眷戀生活，他因此要堅持在這世界上活下去，他不放棄希望，對一切都不無天真地要求著「好」，直到他的死為止。他的生命首先在這個意義上就是堅強不屈的。我心目中的魯迅，是從這最基本的一點生發開來，以至於達到這一形象幾十年間所展現給我們的各個側面和全部內涵，我也正是從這一點開始熱愛整個魯迅的；想到這樣一個人竟然死了能不使我為之動容。

一九九六年十一月三日

朱安的意思

抗戰末期，朱安因生活困難，有出售魯迅在平藏書動議。一時輿論譁然。唐弢恰於此時北上，便由友人陪同，前往勸阻。談話內容，先被他記載在〈「帝京十日」解〉裏，多年後又抄入〈關於周作人〉一文：

宋紫佩說明來意，我將上海家屬和友好對藏書的意見補說幾句。她聽了一言不發。過一會，卻衝著宋紫佩說：

「你們總說魯迅遺物，要保存，要保存！我也是魯迅遺物，你們也得保存保存我呀！」

說著有點激動的樣子。

朱安的話很令我感動，覺得淒切入骨，一個不幸女人畢生感慨，凝聚於寥寥數十字中，其為此老媼之一篇〈離騷〉歟。她始終生活在黑暗裏，然而如這裏所顯示的，黑暗也能發出強烈的光。我向來不愛議論別人家的私事，但是這番話裏有超越私事的意思，似乎值得體會。

話頭是從保存魯迅遺物提起。「遺物」，《現代漢語詞典》釋為「古代或死者留下來的東西」，不過這裏所謂遺物卻非同一般，實有文物的含義。《現代漢語詞典》將「文物」釋為「歷代遺留下來的在文化發展史上有價值的東西」，未免語焉不詳；《辭海》說是「遺存在社會上或埋藏在地下的歷史文化遺物」，所列內容有五，其第一項云：「與重大歷史事件、革命運動和重要人物有關的、具有紀念意義和歷史價值的建築物、遺址、紀念物等。」此例正與之相合。其中遺物與文物可以通用，然而朱安說「我也是魯迅遺物」，則別有一份孤寂荒涼在焉。

遺物也好，文物也好，說到底都只是物。朱安生而為人，卻說自己是物，因為在這一語境中，物有著人所不具備的價值，所以她要爭取一點哪怕是做物的權利。做人之苦難與悲哀，我想無逾於此。當然人不是物。雖然法國新小說派的羅伯－格里耶，在其作品中早已用看待物的眼光去看待人了，但這畢竟是人間之上的視點；我們生息於人間，無論如何還是需要抱著「人不是物」的信念，否則沒法活了。無視人的存在，則人尚且不如一物。朱安的話所啟示我們的，也正是這一點罷。

世界上本來只有遺物，沒有什麼文物，人們把一部分遺物叫做文物罷了，也就是賦予了它們某些意義，如前述詞典所提示者。而前提之一，即如《辭海》說的「與……有關」。在這一事例中，對象是《辭海》標舉的「重要人物」。「重要」當然是重要的了，然則其不同於「歷史事件、革命運動」處，在於這個對象是人。斯人已逝，遺物猶在，生者著意加以保存，正是以其為媒介，與故者建立起一種聯繫，以超越生死之間的界限。此之謂「睹物思人」。如此說來，這一行為原本是頗有人情味的。文物涉及多個方面，這裏較之別處，似乎應該多著這樣一重意義。我們熱愛魯迅，因此重視他的遺物，包括藏書；而把寄託於藏書的一點人情擴大及於朱安，便是「我也是魯迅遺物」的意思。這當然與文物問題無關，但是只見物，不見人，總歸與以遺物為文物的初衷多少相違，無論這個人是遺物的主人，還是與主人相關的人，抑或是完全無關的人。

我寫這篇文章，本來是想談談對文物的看法的，囿於外行身分，終究不敢亂說。一下子就說到人上面去了，蓋自忖對這個還稍有點兒發言權也。但是我也不打算拾幾百年前人的牙慧，作「要更熱愛人」之類近乎可笑的呼籲。前幾天寫文章談及俄羅斯作家，我說他們似乎對人類尊嚴的底線特別敏感，無論這底線在何時何地被逾越，無論所涉及的是自己還是世界上的任何人，都無所顧忌做出反應。我們至少要遲鈍一點兒，此乃文化背景不同使然。其實朱安所要求的，也正是一條底線；尚且談不到尊嚴，只是生存而已。這是人對物的世界一點微弱的抗議聲音。

二〇〇〇年十月七日

二輯

生死問題

李健吾在〈葉紫的小說〉中說：

當著一位既往的作者，例如葉紫，在我們品騭以前，必須先把自己交待清楚。他失掉回護的可能。尤其不幸是，他還沒活到年月足以保證他的熟練。他死於人世的坎坷，活的時候我們無能為力，死後他有權利要求認識。

對於一篇論文來說，這段話大約屬於閒筆，但很使我感動。記得當初劉半農去世後也有過如何對待故者的爭議，最後歸結為文章裏邊所表現的反正都是作者自己，那麼這裏的李氏就顯得可親可敬，總覺得他的心很軟，也很暖，真是悲天憫人。此外我也因此對生死之間的事情有所感觸，「他失掉回護的可能」，的確對一個人來說，活著是一回事，死了又是一回事。

關於死，人們有過很多議論，似乎還以馬丁・布貝爾在〈死亡之後〉中說的最為確當：

死是一切我們所能想見的事物的終結。

而萊茵霍爾德・施奈德描述的臨死之前的感受可以當作對布氏這話的詮釋了：

每邁一步，每次推門，上每級臺階我都在說：這可是最後一次！最最後面的一次！

從根本上講，我把死理解為不再可能。生意味著總有機會，甭管它是好是壞，實現的機率有多大，總歸是有這個可能性；死則是所有可能性的終結。只要可能性在現實與想像中不僅僅是壞的，死就是一件殘酷的事。俗話說：「天無絕人之路」，對於一個活人來說確實如此，但是死把所有的路都給絕了。所以伊利亞斯・卡內蒂說：

生命的目的十分具體而且鄭重，生命本來的目的乃是使人得以不死。

生命的目的就是為它自己尋找一種可能性。這種尋找，這種被尋找著的可能性，深厚而廣大，幾乎是無限的——然而實實在在的死使之成為有限。世界被我們每個人直接與間接地感知著，我不知道我的世界從何時始，但我知道它到何時終。一個人死了，對這個世界來說是他死了，對他來說是他和這個世界都死了。而且正如雅斯貝爾斯所說：

憑藉繼續在他人記憶中存在；憑藉在家族中的永生；憑藉青史留名的業績；憑藉彪炳歷代的光榮——憑藉這些都會令人有慰藉之感，但都是徒勞的。

問題並不在於死後的事情是否確定；問題在於死者無知，對確定與不確定都無知。這種慰藉之所以徒勞，是因為它與一切生命的所有一樣，無法延續到生命完結以後。死者可以給這世界遺留一些有形或無形的東西，但他不再能控制它們，它們屬於生者了。不錯，很多死者因為各種原因至今還為我們所記住，但是當直接來自感知的記憶斷絕之後，死者就僅僅是一個名字，或者說一個符號而已，彷彿是有關他發生的一切其實與他並不相干，因為他早就不存在了。

李健吾說葉紫「死後他有權利要求認識」，對我們來說這個「他」是葉紫，對死了的葉紫來說「他」是誰呢。即使像李氏這樣去體恤死者，葉紫也是不會知道的；他生前沒有聽到的話，死後更聽不到。「不再可能」不僅僅針對死者本身，對於與死者有關係的生者也是如此。最通人情的李健吾所面對的只能是一個不再有葉紫的世界。我們向死者伸出手去，握住的只是虛空，這是最使我們感到痛苦的。我想起我去世了的父親。父親去世給我的真實感覺並不是我送走了他，而是我們在一起走過很長的一段路，他送我到一個地方——那也就是他在這世界上最後的時刻——然後他站住了，而我越走越遠，漸漸看不見他了。事實往往如施奈德所說：

我們只有以死為代價，才能發現人、熱愛人。

但也不是由此就要得出悲觀的結論。對於一個活著的人來說，死是將要到來的一種事實，而生是現在就存在著的事實。對什麼是死以及死之不可避免的清醒認識說不定會給我們一些幫助。保爾・蒂利希說過：

死亡使人能夠探詢生命的真諦——也就是說，死亡使人超越自身的生命並且賦予人以永恆。

從前我寫過〈關於孔子〉，引用了《論語・里仁》中這一節：

子曰：「朝聞道，夕死可矣。」

我把它當作孔子人生哲學的歸結處。現在想來，關於生死問題孔子也有他獨特的思考。以「聞道」和「死」來進行比較，很明顯死是不能把握的，而聞道是有可能把握的，因為聞道不論多不容易，總還是隸屬於生的一項活動；也就是說，聞道才有可不可的問題，而死卻談不上可與不可。所以依常規講，恐怕應該是：「夕死，朝聞道可矣。」但孔子偏要反過來說，我想他是有一番道理。在確定的死與不確定的生之間，他最大限度地張揚著生，盡量賦予它一種確定的意義，既然死是不可以把握的，那麼就盡量去把握可以把握的生，這種把握的極致也就是聞道。他這麼說乃是把聞道放在了死之上。孔子還說過「未知生，焉知死」的話，他的著眼點都在生這一方面，而「朝聞道，夕死可矣」同樣表現了他這個想法。朝在夕之前，同樣聞道只能在死之前；他是說要在你有限的人生之中去完成你的人生，人生截止於死那一刻，對於死後他是無所依賴的。這樣死才有可能不是唯一的結論，死前有生，生有生的意義。從這一點上講，聞道與蒂利希所說的「永恆」是同義詞。

生死之間是一個不可逾越的界限。最大限度地張揚生，就意味著有限的生命對於這界限的一種衝撞，使得生命的尖鋒有突入到死亡之中的可能。歐仁・尤奈斯庫是我所知道的對於死最有感受的人，在他的日記裏一方面明確地說：「生，是為了死。死是生的目的。」一方面又說：

雖然如此，我還是全力朝生命狂奔，希望在最後一刻追上生命，就像要在火車啟動的一瞬間踩上車廂的踏板一樣。

同樣川端康成也在〈臨終的眼〉一文中說過「我覺得人對死比對生要更瞭解才能活下去」的話。他對垂死的畫家古賀春江有這樣的描述：

聽說他畫最後那幅《馬戲團一景》時，就已經無力塗底彩，他的手也幾乎不能握住畫具，身體好像撞在畫布上要同畫布格鬥似的，用手掌瘋狂地塗抹起來，連漏畫了長頸鹿的一條腿他也沒有發現，而且還泰然自若。

又說：

後來他越來越衰弱了，在紙箋上畫的名副其實的絕筆，只是塗抹了幾筆色彩而已。沒有成形的東西，也不知道是什麼意思。到了這個地步，古賀仍然想手執畫筆。就這樣，在他整個的生命力中，繪畫的能力壽命最長，直到最後才消失。不，這種能力在遺體裏也許會繼續存在下去。

我的父親在他一生的最後十幾天裏忽然計劃要創作一個組詩，他口述給我記錄時，身體虛弱得連蓋的薄薄的被子都不能承擔，彷彿收音機的電池耗盡了電，念每一句咬字和聲調都漸漸變得不確定，模糊，最後變成一縷縷游絲，在夜間空蕩蕩的病房裏飄散。但他的詩依然像一向那樣充滿了奇瑰的想像力，而且更有力度，無拘無束。當時我就感到好像有一種東西撞破了生死之間的鐵壁。我想對於作為詩人的父親來說，也是寫詩的能力比他的生命本身還要長罷。

一九九五年八月十日

談疾病

我本是醫生出身，從前每天上班都要給人寫些病歷什麼的，自己也免不了偶爾頭痛腦熱，所以可以說是對疾病有著雙重的感受，但現在卻不想在這兒談論某一種特定的病症，想說的是「生老病死」裏的那個「病」。生老病死，這是多麼周全的一個體系，彷彿其中蘊含著什麼匠心似的；雖然我是唯物論者，並不相信有造物，但也覺得這實在安排得太妙了。生與死是根本對立著的，生就是不死，死就是不生；老雖是生的久了，卻往往是生意更重；在其間插入一個病字，庶幾可使生意漸減，死意漸增，作了必不可少的過渡。這個意思，差不多所有談論自己病況的人都曾說到，譬如蒙田就說：

我患腎絞痛起碼體會到這樣一個好處：那就是它教我認識死亡，而過去我是不可能下決心去瞭解死亡，去和死亡打交道的。我愈是感到重病在身，劇痛難忍，我愈覺得死亡並不那麼可怕。

病彷彿是死發出的一聲你不能不回應的招呼；死成了一個具體的東西，不再僅僅是不盡的黑暗。而作為基督徒的萊茵霍爾德·施奈德在另一種「重病在身，劇痛難忍」的情況下，所說就更透徹了：

我簡直無法設想，上帝要去無情地搖醒已拜倒在其腳下且奄奄一息的睡夢中人——一個終歸要睡去的病人。任何一位醫生或護士，都不會去幹這種傻事。上帝就更不會了。

這番話最可以用來說明我們通常所謂「解脫」了。不錯，死可以是解脫，但死是把人從什麼之中解脫出來呢。如果沒有疾病，如果沒有其他類似疾病的折磨，人是不會要求什麼解脫的；生是不會厭惡生的，生所厭惡的，只是生的不如意而已。死正是使人能夠不再忍受他已不能忍受的疾病之類的折磨。簡·奧斯丁死於「一種頑固的不治之症」，她哥哥為她所作傳略記載：

當家人最後一次問她還需要什麼時，她回答道：「除了死亡，我什麼也不需要了。」

這是說得多麼苦的話，但我們也在這裏看到病甚至替代了死而處於與生相對立的一方面，死反而成了對生的一種幫助了。至少也可以說，人面對病的被動使人得以主動地面對死。病就是這樣使我們終於能夠接受從根本上講是不可能接受的死，我們因而也就把生老病死當成是自然的流序，人人都可以盡量坦然地面對這唯一一次生命旅程的行將終結。所以川端康成才說：

芥川在〈給一個舊友的手記〉裏這樣寫道：「我說不定會自殺，就像病死那樣。」可以想像，假使他仔細地反覆考慮有關死的問題，那麼最好的結局就是病死。

如果把「生老病死」作為對整個人生的說明，那麼其中的「病」就不僅僅是疾病，而是可以指代一切生的不如意，無論是來自自己的，別人的，還是社會的，或者根本是無名的。一切不如意都是對生的錘煉，使生能夠在現實中落下腳來，從而使我們更能認識生的真正含義。生老病死，這裏的生真是太好了，它給我們提供了全部基礎，但是這個生永遠不是一個幻想，不可能沒有老作為它的趨向，不可能沒有病作為它的負擔，也不可能沒有死作為它的結束的。

十六世紀的醫生帕拉切爾蘇斯說：

疾病是世界的譬喻，因為人人都在死亡中行進。

這是我很喜歡的一句話。我們看自己就是看世界，同時更清楚地認識了自己，而自己也不再是孤單的個人了，所有細微的變化都指向某種深邃久遠的所在。生真是沉重的一個字；但另一方面我又想，那些在死亡中行進著的也正是被生所鼓動著的人們罷。

一九九五年八月十四日

死者

以下的想法本是參加追悼會聽人致悼詞時想起的，遲遲沒有寫下來是覺得未免有些不敬或不近人情，但是我確實是有著一個問題。在我印象中悼詞都由這樣幾部分組成：首先是報告某人的逝世，然後追述他的生平，繼而概括他的功績或精神並指出這是我們應該向他學習的，最後以一句「某某同志，安息吧！」作結。我所想提出的是有關悼詞的對象問題。從前三部分看，實際上的對象是在場的聽眾即生者，因為只有他們才需要瞭解有關死者的上述情況，當事人是不需要對他陳述有關他本人的事實的，實在也沒有必要對他這樣做；而在最後雖然簡短但又相對完整的那一部分裏，死者卻從人群中擠出來，擯退了所有生者，獨自領受這唯一說給他聽的話。這樣一篇悼詞裏就同時出現了第三和第二兩種人稱。好像所有的悼詞都是如此似的。

現在我想這種人稱上的混亂或許正表現出今天的我們常常面臨的某種尷尬：死者對我們來說到底是什麼，我們無法予以確定，或者說態度總有些兩難。事實上死者已經不存在了，舉行追悼會以及致悼詞本身就說明了這一點；但是我們又希望他還在我們之間，從人情上講我們不能承認正在做的是一件與他無關的事。也許要說現在悼詞的意義更在於「蓋棺論定」，但蓋棺論定這句話其實說的是兩碼子事：對死者是「蓋棺」，對生者是「論定」，永遠如此，而其間隔著的是雙方都無法逾越的死。張愛玲說過一句近乎殘酷的話：「活人的太陽照不到死者的身上。」我倒覺得我們在這裏所做的彷彿正是舉著人間的陽光盡力照向那永恆而無邊的黑暗。所以儘管所有的悼詞都是那麼的程式化，但在這一點上還是一次次地使我感動。今天的悼詞大約是從古代的祭文演化而來，祭文的內容都是直接說給死者聽的，彷彿是一種傾訴，對象當然只能是死者本人。特殊的例子裏，已經不知道死者的姓名了，還要代為擬一個，如謝惠連在〈祭古冢文〉中說的「既不知其姓名遠近，故假為之號曰冥漠君云爾」，只有如此，他所要說的抒情與感慨的話才能說得出來。這大概就是《論語》所謂「祭如在」罷。科學昌明的今日我們大概就不能再這樣照著做，而且在這類事務所必需的儀式上更重要的又是要說生者之間的話，但悼詞最後對行文人稱限制的破壞好像還是隱隱表達出一種「祭」的意識，一種想維繫我們與死者關係的願望。甚至連「死者」這樣的詞我都覺得帶有人情，因為只有生者才是「者」，死者死了，他就不再是這世界上的一個「者」了，但我們還這麼稱呼他們，還在我們身邊給他們留一個位置，因為我們對他們有一份情感，如果他們真的什麼都不是了，我們的情感就無以表達。

我們這種尷尬或兩難也不盡是出於唯物主義的推論，在古人那裏實際上是已有類似的問題了。元稹以傷悼詩聞名，在他大多數這類詩中，都是用第二人稱直接寫給死者的，比如〈遣悲懷三首〉中的「今日俸錢過十萬，與君營奠復營齋」和「閒坐悲君亦自悲，百年都是幾多時」；這裏詩人是在面對著他的「君」，聯繫他們之間曾存在的某種特定的生活環境在抒發自己不盡的哀情，在他的意識裏，她雖已死，但還是一個「者」，還是一個可以向其抒發情感的對象，那環境能為她所知，那哀情也能為她所感，隨著他的抒情，她彷彿又回到那環境裏了。可是在另一組〈六年春遣懷八首〉中，他筆下卻出現了「我隨楚澤波中梗，君作咸陽泉下泥」的句子，似乎已經因生死之間的永久隔絕而絕望，雖然還以「君」相稱，但更多的是感到對方的不存在了。他還面對著他的「君」，可是她已經在冥茫之中，他根本看不見的地方了。

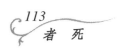

元稹的〈遣悲懷三首〉是以這樣兩句收尾的：「唯將終夜長開眼，報答平生未展眉。」這樣的一個詩人形象是我們難忘的。我有時想他在黑暗之中看見的是什麼呢，是什麼使他久久不能入睡呢。死者不在，這是一個事實；死者還在，這也是一個事實——很多年前元稹的「君」是被詩人記憶著，詩人凝望著黑夜，是在敞開記憶之門；很多年後對所有與死者相關的我們來說，死者是因為他們生前與我們結下的各種情感的關係，活在我們的記憶裏，與我們生活在一起，並可能陪伴我們走過我們剩下的一生。雖然據雅斯貝爾斯講，指望在他人的記憶中繼續存在總是徒勞的，但從生者那一方面考慮，我覺得斯蒂芬・歐文在《追憶》一書所說就更合情理一些：

通過回憶，我們向死去的人償還我們的債務，這是現在的時代對過去的時代的報償，在回憶的行動裏我們暗地裏植下了被人回憶的希望。

而且我們並不是要記住誰就能記住誰，要記住什麼就能記住什麼，而是某位死者、他的某件事情自然而然活生生地存在於我們的記憶之中。這一情況與人的生命本身的狀態是那麼相似，我們甚至因此相信從某種意義上講，這正是死者生命的延續。在這一關係中，情感就是記憶，而記憶也就是情感。

一九九七年一月五日

己所欲

「己所不欲，勿施於人。」這句話孔子在《論語》中說過兩遍：一次是用來形容「仁」，見〈顏淵〉篇；一次是形容「恕」，見〈衛靈公〉篇。當然恕也就是仁。「己所不欲」是如此，那麼「己所欲」怎麼辦呢。他沒有這麼一總地說，但在〈雍也〉篇裏講：

夫仁者己欲立而立人，己欲達而達人。

我們也就可以知道他的意思。孔子這麼說自有他的道理，在他（以及後世的儒家）看來，作為社會的一分子，人人都有著共同的「欲」，可以由我的欲推知別人的欲，或者乾脆說我的欲也就是別人的欲，那麼我想要的別人也會想要，我不要的別人也不會要，待人正有如待己。

這個人所共同的欲，大概是有三個層次：從最基本的說，就是《禮記・禮運》所講的：「飲食男女，人之大欲存焉。」往上一步，是孔子說的「立」和「達」，據阮元在《論語・論仁》篇中解釋，「立」是「三十而立」的立，「達」是「在邦必達，在家必達」的達，站得住，行得通，總之是在社會裏取得一個位置。再往上，則是孔子說的「我欲仁」了，用《孟子・離婁》中的話形容就是「民之歸仁也，猶水之就下、獸之走壙也。」那麼在這本能的、社會的和人格的三個層次上，反面地講都是「己所不欲，勿施於人」，正面地講則應該是「己所欲，施於人」了。

《莊子・應帝王》講過一個故事：

南海之帝為儵，北海之帝為忽，中央之帝為混沌。儵與忽時相與遇於混沌之地，混沌待之甚善。儵與忽謀報混沌之德，曰：「人皆有七竅以視聽食息，此獨無有，嘗試鑿之。日鑿一竅，七日而混沌死。」

很顯然莊子是不同意孔子一派的說法的。在他看來，第一，人沒有共同的欲，有的有竅，有的沒有；第二，我的欲不是別人的欲，儵忽需要竅，混沌不需要。我這些年於

《莊子》與《論語》都曾下過番功夫，其間最是這一層不可調和，就是現在我也不能斷定誰是誰非，他們的出發點根本就不同。勉強說來，從群體出發，當側重於孔子；從個體出發，又當側重於莊子。還可以從「欲」到底是什麼或者說從它的不同層次看，那麼越趨於基本，我越覺得孔子說的對；若是昇華到思想、精神、社會意識的程度，似乎莊子所言更有些道理。

孔子孟子都可以被看作是理想主義者。能夠成為理想主義者，正是要有這樣兩個落腳點：第一，大家可以共同隸屬於一個理想；第二，我個人的理想可以推而廣之，為別人所接受。《孟子・萬章》說：

> 伊尹耕於有莘之野，而樂堯舜之道焉。非其義也，非其道也，祿之以天下，弗顧也；繫馬千駟，弗視也。非其義也，非其道也，一介不以與人，一介不以取諸人。湯使人以幣聘之，囂囂然曰：「我何以湯之聘幣為哉？我豈若處畎畝之中，由是以樂堯舜之道哉？」湯三使往聘之，既而幡然改曰：「與我處畎畝之中，由是以樂堯舜之道，吾豈若使是君為堯舜之君哉？吾使是民為堯舜之民哉？吾豈若於吾身親見之

哉？天之生此民也，使先知覺後知，使先覺覺後覺也。予，天民之先覺者也；予將以斯道覺斯民也。非予覺之，而誰也？」

《孟子・盡心》則說：

窮則獨善其身，達則兼善天下。

伊尹作為孟子心目中的一個理想主義者，他正是經過了一個從「獨善其身」到「兼善天下」的過程。獨善其身與兼善天下，這可以說是理想主義者的不同發展階段，也可以說是理想主義者的兩個主要類型，前者實現理想是以自我為終極，滿足於自身的「知」與「覺」，最終想把自己變成聖人，我們可以稱之為個體的理想主義者；後者實現理想是以社會為終極，這就牽涉到別人，要以「先知覺後知」、「先覺覺後覺」，最終想把人間變成天堂，我們可以稱之為社會的理想主義者。

人生不光是一門學問，它是一種行為；人是生活在社會之中，人與人之間不能不發生關係；人是在社會中完成自己的人生，這過程總要涉及到別人。就像《論語・公治長》

所說的：

子貢曰：「我不欲人之加諸我也，吾亦欲無加諸人。」子曰：「賜也，非爾所及也。」

但是另一方面孔子又說過「君子求諸己，小人求諸人」的話（《論語・衛靈公》），孟子也講：「人之患在好為人師。」（《孟子・離婁》）他們似乎是看出了這個方向上的一種潛在的危險性。在莊子講過的故事中，儵和忽給混沌「日鑿一竅」，是出於「人皆有七竅以視聽食息」，「謀報混沌之德」，結果卻是「七日而混沌死」。莊子所不滿的是以己度人的思想或行為的方法。在他看來，把「己所欲」施於人很容易就變成把「己所不欲」施於人了。而且從「獨善其身」到「兼善天下」，往往沿途就播下了狂熱的種子，「施」，由講理到不講理，由勸導到強制，甚至更厲害些，似乎也只是一步之遙。其實我讀《論語》時已多少有這種感覺。孔子那麼一個「溫良恭儉讓」、循循善誘的人，就可以有這樣的舉動：

宰予晝寢。子曰：「朽木不可雕也，糞土之牆不可杇也，於予與何誅？」（〈公冶長〉）

季氏富於周公，而求也為之聚斂而附益之。子曰：「非吾徒也，小子鳴鼓而攻之可也。」（〈先進〉）

而《荀子・宥坐》更記載著：

孔子為魯攝相，朝七日而誅少正卯。門人進問曰：「夫少正卯，魯之聞人也，夫子為政而始誅之，得無失乎？」孔子曰：「居！吾語女其故。人有惡者五，而盜竊不與焉：一曰心達而險，二曰行僻而堅，三曰言偽而辨，四曰記醜而博，五曰順非而澤。此五者有一於人，則不得免於君子之誅，而少正卯兼有之。故居處足以聚徒成群，言談足以飾邪營眾，強足以反是獨立，此小人之桀雄也，不可不誅也。是以湯誅尹諧，文王誅潘止，周公誅管叔，太公誅華仕，管仲誅付里乙，子產誅鄧析、史付，此七子者，皆異世同心，不可不誅也。《詩》曰，憂心悄悄，慍於群小。小人成群，斯足憂矣。」

《論衡・講瑞》還有「少正卯在魯，與孔子並，孔子之門，三盈三虛」的說法。誅少正卯這事，我一向是不大清楚的，怎麼會由「仁者愛人」一下子就跳到殺人了呢。現在想來如果這是真的，也是孔子實現其理想的一項措施罷。孔子說過「殺身以成仁」（《論語‧衛靈公》），本是自況的話，現在則是殺他人之身以成自家之仁了，大概是既然為了理想可以犧牲自己，那麼也可以把別人當作犧牲了。而且依《荀子》說，這樣的事還不止是孔子這一檔子呢。

我們把孔孟稱為理想主義者，並不意味著對「理想主義者」這個概念的褒揚，當然也不是貶損；理想主義者在我看來僅僅是指一種人，一種具有其理想並往往把這理想推及於他人的人。講到我自己，一方面，我是生於卡夫卡以及二次世界大戰之後的人，很難再像前幾輩人那樣堅信一己的理想就一定能夠好好兒地實現，所以做不成什麼理想主義者；另一方面，我也知道理想於我實在還是一個好東西，我的理想是照亮我自己的光。

一九九五年八月十六日

托爾斯泰之死

「列夫・尼古拉耶維奇突然出走了……」一九一〇年十月二十八日托爾斯泰夫人在日記中這樣寫道。而在此前兩天，托氏的秘書布爾加科夫已經談到親朋好友對他可能在不久的將來出走「議論得越來越頻繁了」。兩相對照，我覺得這「突然」二字實在是有很苦的一個意思，特別是他們夫婦早就知道彼此間的折磨是再也不能忍受的了。至於托氏一貫的支持者和鼓動者——他的小女兒薩莎和摯友契爾特科夫，雖然說得上是比托爾斯泰更徹底的托爾斯泰主義者，恐怕也沒想到出走竟會馬上就送了這八十二歲老人的命。在這一切人裏，其實只有一位對這一舉動及其結局是看得清楚的，那就是托爾斯泰本人。

在薩莎寫的《父親》一書中記述了他病危時的一件事：

訂購了氧氣，謝爾蓋打電報到莫斯科要一張舒適的床，安排了我們當中的一人和一名醫生在病人床邊輪流值班。

「而農民呢？農民是怎樣死的？」當別人給父親把枕頭放好時，他歎息著說。

縈繞在垂死者頭腦中的念頭正是他的追求所在。當然這只是最後的表述而已。這個意思他已說過好多次，甚至未免說得太多了。比如這年二月他給一個大學生回信說：

您建議我做的事：放棄社會地位和財產，將財產分掉……我已經在二十五年多以前做了。但我還同妻子和一個女兒住在家裏，生活條件奢侈得可怕，可恥，而周圍卻盡是赤貧的人，這不斷地、日益強烈地折磨著我，我沒有一天不在考慮按您的勸告去做。

這次他真的做了——正因為如此，高爾基在得知托氏出走的消息後寫信給柯羅連科說：

您知道，他早就打算去「受苦」了……可是他想去受苦並不單純是出於一種想考驗自己的意志的強韌的正常願望，而只是出於一種很明顯的——我再說一遍——是一種專制的企圖，也就是想加重他的學說的分量，使他的說教成為不可抗拒的東西，用他的受苦使他的說教在人們眼中成為神聖不可侵犯的東西，強迫人們接受，您明白吧，是強迫人們接受！

這席話裏有著深深的擔憂：托爾斯泰主義如果只在那裏說教，反對者如高爾基就很容易指斥其為虛偽；如今托氏自己把它變成行動了，不免要怕它成為真實的，或者被認為是對的。其實思想付諸行動於這思想本身並無什麼別的意義，唯一的價值在於它可能構成對思想者自己的一項考驗。比如這裏，我們就可以（也僅僅如此）說，托爾斯泰畢竟是真的相信他所倡導的托爾斯泰主義的。托爾斯泰的思想和托爾斯泰的生活永遠不相協調——之所以如此，是因為對於托爾斯泰來說它們都是真實的，所以他只能以他的死來自圓其說。說實話我從來就不認為托爾斯泰主義是多麼結實的思想，我覺得有份量的（甚至可以說是我所佩服、所敬重的）僅僅是作為一種理想主義的倡導者的這個結局：一位導師把他的門徒引入他創造的秩序，他自己畢竟也在這個秩序之內；他可能毒害了他們，但是沒有欺騙。任何人不信上帝我都不怕，我只怕上帝不信上帝。相比之下托爾斯泰是托爾斯泰主義的烈士，對於烈士我們無法批評——他確實為此死了。

托爾斯泰為他自己選擇的這個結局，可以認為是他幾乎跋涉一生的心路歷程的延續。而他死前四天（也就是他談到農民的死法的那一天）寫下的絕筆，在我看來是對他內心世界最真實的揭示：

這是我的計劃——完成義務……

這對別人也有好處，但特別對我有好處。

一九九六年三月三日

在韋桑島

去韋桑島之前 Morin 告訴我：「那可是個蠻荒的地方。」島在大西洋裏，從地圖上看是在法國的最西邊；我從巴黎乘高速列車到布萊斯特，再換乘大約三個小時的海船。整整三天我都在島上漫遊。離開住宿的小鎮，就只見零零散散的石頭壘的房子，夾雜著一些廢墟，幾隻羊臥在房後的草地上，當我經過，牠們就緊張起來。再往遠處走便看不見什麼人了，只有成片的荒草和長著黃色蘚苔的奇形怪狀的巨石。在海邊，滿耳都是風聲，風聲的間隙裏聽見海鷗在尖叫著。浪很大，每次我攀爬一座小山，先發現遠處白花花升騰起一團團東西，然後才能看見海岸。我就一個人長久地坐在礁石上，看著天空和大海，一片灰濛濛的，即使有陽光照著也是如此，正像 Morin 說的：「沒有彩色，是黑白的。」我不懂法語，一直無法與人交流，在島上的三天真可以說是與自然獨處了；直到臨離開時才遇見一對會講英語的夫婦，據他們說我大概是來到這島上的第一個中國人。這事未經證實，但是我也並不因此就要一寫這個島，說來我一向不大喜歡讀遊記之類的東西，犯不上自己也來寫一篇；我想寫的是在島上的思考，特別是關於自然的一些思考。所以前面那些描寫純屬多餘。思考自然在什麼地方其實都行，非得跑到自然裏去思考自然未免就太做作，韋桑島不過是給我提供了思考所需的一點寧靜而已。我在島上什麼事情也沒有做，這大概算得上是我的一個隱逸之地了——記得愛默生在《自然》中就說過：

一個人要想達到真正的隱逸，他就得既從社會中退隱，又從他的居室裏退隱。當他在讀書、寫作時，他並不是隱逸的，雖然他此時是孑然一身。

回想起來，韋桑島確實是我平生所能見到的最自然的地方，我的該島之行也是多少年來最接近自然的一番舉動。然而「接近自然」這樣一個念頭，帶給我的也是無奈多於激動：我們說實在的也只能是接近而永遠不能真正成為自然的一部分。不要說這個已成為旅行去處、住宿餐飲服務都很完善的小島了，即使真正進入北極或非洲之腹，我們也只是那裏的來訪者而已。我們是我們，自然是自然，根本就是兩碼事。我們的骨子裏早已有一種背離自然的東西，那就是一向為盧梭、愛默生等人所垢病的現代文明。文明與自然相對立——這差不多是這些被我稱為自然論者的全部立論的基礎；但是問題不在於它們是否對立，而在於它們為什麼對立，或者說能否不對立。也就是說，文明對於自然的這種背離僅僅是個偶然的錯誤呢，還是不能不如此的一件事情。自然論者談到自然時很喜歡講到人的童年，返歸自然與回到童年，他們是看成一回事，比如愛默生就說：

對於成人來說，太陽照亮的只是他們的眼睛，但對孩子們來說，太陽卻能透過他們的眼睛照進他們的心田。

由童年而長大或許真如他所說是一種不幸，但是誰能夠不長大呢。人總不能不成為人；人之為人，他從樹上下來，他製造並使用工具，他取火造飯，等等這一切，就從本質上意味著他與自然的告別；繼之而來的全部人類文明史就注定只能是越來越遠離自然的歷史了，而現代文明乃是這部歷史不可避免的發展結果。這樣我們的思考就不能不以人背離自然為起點；以此為起點，必然意味著以人返歸自然為終點的那些看法只不過是一些幻想而已。這裏可以再次借用童年與成年的說法：成年總是從童年裏生長出來，童年長出成年就不能再退回來；迄今為止的全部文明的發展（包括已越來越為我們所意識到的文明的弊害在內）也都是根植於決定人之為人的那個人性之中，或者說，從人告別自然那一刻就已經有了這樣的一個趨勢。文明是人性的發展，文明的發展是為人性所需要，誰也無法真正拒絕文明和越來越文明，即使這裏面包含了多少弊害；所以「返歸自然」或「與自然和諧相處」就是不可能的——不僅如此，對於人來說，他恐怕還不能不破壞自然。記得有一次和Morin談起這件事，他說：人與動物就有這個區別；有人講停止破壞自然否則人將無法生存，其實停止破壞自然人現在就無法生存，真正的問題是如何做到最有計劃和最少浪費。這使我想起《聖經》裏說過的：

> 你若路上遇見鳥窩，或在樹上，或在地上，裏頭有雛，或有蛋，母鳥伏在雛上，或在蛋上，你不可連母帶雛一併取去。總要放母，只可取雛，這樣你就可以享福，日子得以長久。

我在韋桑島上，一個人在天地之間，那情景很像「相看兩不厭，只有敬亭山」。也就是說，只有我所看見的一切。然而在盧梭、愛默生等的書裏就並非如此，他們常常另外

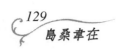

標舉出一個視點來，「神」或「造物者」這樣的字眼在他們筆下很頻繁地出現，我不把這看成是偶然現象或者習慣使然。盧梭在《愛彌兒》中說過：

從造物者手中出來時，一切都是好的；到了人的手裏，一切都變質了。

愛默生則說：

人類墮落了，自然則挺立著，並且被用作一只差示溫度計，檢驗人類有沒有神聖的情操。

據《人與自然》一書的編者狄特富爾特說，法國諾貝爾獎獲得者雅克．莫諾也曾「把人比喻成生活在宇宙邊緣的流浪漢，對於他的希望、痛苦和罪過，宇宙無動於衷」。說這些話時他們顯然需要一個高於整個人類的視點。當他們把自然與文明的人類對立起來，盡量貶損後者而揄揚前者，必須要處在非人的所謂「神」的角度；因為提出「返歸自然」之類的主張，總是居高臨下地要為人類指出一條道路。這倒並不一定是相信有神，他們要跳出人的圈子就得借用一個神的視點。然而我卻始終對這一層有所懷疑，因為那樣一個出發點根本就不存在。我們的一切思想都不外乎兩條：它是我的思想，同時也是人的思想；沒有一種思想可以是我的而不是人的思想。自然之為「自然」，無論與人是怎樣的關係，它也只能是時時被人所意識到的。像盧梭這樣的意思後來的人很喜歡津津樂道地重複，我覺得這可以說是關於人的思想，但卻不是人的思想。誰也不能置身於人類之上，即使僅僅是在那裏思考也不行。回到人來，或者說從人出發，承認我們也是人類的一分子，處在人類繁衍的某一點上，是迄今為止全部文明的承繼者同時這文明又不能不繼續發展下去，我們恐怕就得另取一副眼光來看人與自然這回事情了。

每一個自然過程都是一句道德斷語的一部分。道德律處於自然的中心，向四周放射著光。它是每一個本體、每一種關係和每一個過程的精髓。我們處理的每一件事都在向我們佈道。……自然對於每個個體道德上的影響就是它向他展現的那些真理。誰能估量出這些真理？誰能猜想出被海水噬咬的岩石教給漁人多少堅毅？風長年累月地驅趕著一堆堆亂雲捲過天際，而天空卻從沒留下任何褶縐和斑痕，誰能設想，天空有多少勤勞儉樸、居安思危以及深切動人的情感？

我在韋桑島的一隅，面前的礁石席捲在海浪之中，再看一看天空，想起愛默生這一番話來，這似乎可以說是他那一派看法的代表了；但是，我實在不覺得它有多大分量。道德只是對於人為的規範，只有當人有能力選擇「做」與「不做」的時候它才存在。我很想問一個問題：這「被海水噬咬的岩石」可以不「堅毅」麼，而這「一堆堆亂雲捲過」時的「天空」可以不「從沒留下任何褶縐和班痕」麼，——如果不能的話，我們怎麼能說岩石或天空有沒有道德或什麼別的情感呢。人賦予自然一種道德，然後再從自然尋求道德上的幫助，這種人格化的自然或許就與真實的自然距離最遠。愛默生等談論自然時，實際上腦子裏想的也還是文明，是為了要找一個什麼東西作為道德的象徵與文明對立起來看。如果不是為了要匡正文明所帶來的弊害，大概他們也就用不著這個自然了。我很懷疑自然論者是不是真的關注自然，在我看來這也只是些道德論者，是一心想給人類指條出路的啟蒙主義者；在他們那裏，真實的自然從來就沒有成為人的對象，成為人的對象的只是虛構的被人格化了的自然，只是一種道德而已。愛默生曾把自然與人工嚴格區分開：「自然是指未被人改變其本質特徵的事物」，「人工則是由人的意志與自然事物的匯合而成」，那麼這個被他們道德化了的自然也只能說是一種人工罷。

那麼真實的自然在哪裏呢，不用說它就在我們眼前——如果我們不去加諸什麼在它身上，而把它當作本來的存在，按照它真實的樣子來感知它、欣賞它的話。人類的問題只能在人類之間即在社會裏去尋求解決，如果人類自己都不能解決，自然就更幫不上我們什麼忙。自然只能呈現它的千變萬化的美在我們的感官裏，只能作為審美對象與我們建立不可隔絕的聯繫，然而這也就夠了。說來我在韋桑島上的三天實在是難忘的，因為我領略了從未見過的那種真正的自然之美、原始之美；這在我一生之中也是很難得的。

一九九六年九月十五日

關於關燈

我很喜歡陶淵明的兩句詩：「寄言酣中客，日沒燭當秉。」（〈飲酒二十首〉之十三）周作人有一部散文集叫《秉燭談》，這名字我也覺得很好，就像周氏說的：「只把夜闌秉燭當作一種境地看也自有情致。」不過我又想，對我們來說這是不是也僅只是一種情致呢。「日沒燭當秉」，你看陶公說得夠多麼理所當然；然而他並不知道為什麼不秉燭，秉燭在他也未必算是一種境地，他的生活本來就是如此。我們現在拿秉燭當作境地，是因為誰也過不上那個生活了。那麼今天在什麼情況下還能「秉燭」呢，說來只有兩種可能：一是停電，可以說是被迫之舉；一是故意關燈或不開燈，這多少有點矯情罷。「被迫」與「故意」離「境地」恐怕就都很遠。而且說穿了，時至今日我們誰不知道沒有電用是非常不方便的呢。「發思古之幽情」，有時盡可發它一下子，但其實「返歸自然」是件不大可能的事；別說去不了，去了也不是陶淵明，因為真正的陶淵明壓根兒就沒來過。

最近重讀了梭羅的《瓦爾登湖》。如果說這回我對梭羅有什麼覺得不大舒服的，那就是他講述他的瓦爾登湖經歷的時候，似乎同時在向我們昭示著一種希望。在我看來，體現在他身上的與其說是人類的希望，不如說是人類的窘況。單單看他就他所提倡與嚮往的生活方式講了那麼多道理就可以看出這一點來；而他的瓦爾登湖之行也顯得非常刻意，至少是很費勁兒的一項舉動。但是要想擺脫人們所厭倦了的文明，擺脫它的桎梏，反抗已被意識到了的異化，似乎又只能這樣。梭羅要想離開文明就得去瓦爾登湖，告別瓦爾登湖就回到了文明——對我們來說，到底是梭羅重要呢，還是瓦爾登湖重要呢。而且他那本書一開頭就說：「在那裏，我住了兩年又兩個月，目前，我又是文明生活中的過客了。」我覺得這如果要打一個比方的話，最恰當的就是關燈罷，在一段黑暗的間隙裏似乎領略到了有如陶淵明那種境地，但即使真能達到，也只是對於文明生活的一種調劑罷了。梭羅的故事歸根到底是一個有關人類局限性的故事。

我們（也許包括離開瓦爾登湖的梭羅在內）往往是在痛切地感受到異化的同時依賴甚至享受著帶來異化的東西，這種依賴享受與異化並不能夠截然分開。關於異化大家談論過很多，其實最困難的還是人類無法從異化中完全脫離出來再去批判異化。正因為如此我重新認識了梭羅而對他並無絲毫貶損之意，相反，我倒是很敬重他，他代表了人類反抗異化的一種嘗試。我不懷疑他寫下的是在瓦爾登湖的真實感受。記得在梭羅開列的生活必需品清單中有一只「上了日本油漆的燈」，這使我想到他在瓦爾登湖確實是天天生活在沒有電的昏暗中；對於那時的梭羅來說，瓦爾登湖與文明真的是不相容。梭羅是徹底的，因此他的嘗試才是真實的。

說來梭羅的所為也只能是一種個人的嘗試；別人如果模仿，只恐怕離境地更遠。他本人也說：

> 我卻不願意任何人由於任何原因，而採用我的生活方式；因為，也許他還沒有學會我的這一種，說不定我已經找到了另一種方式，我希望世界上的人，越不相同越好……

我因此還想到，另外有沒有這種可能呢：比如說，一方面有梭羅遠離塵囂的感受；一方面很坦然地打開電燈，使用著冰箱、彩電、音響，或者還要拿起電話與朋友聊聊天

——瓦爾登湖與文明，兩樣兒全都要。應該說這還是可能的罷，但那得是大德才行，否則只不過是取巧而已。

一九九六年三月十日

真的研究

有一天我忽然想起，二十世紀行將結束了；我雖然是個微不足道的人，這時候也不免要來一番回想。正如古人所說是「天下興亡，匹夫有責」——至少咱們有思考一下的責任罷。想的結果就有點兒不大對頭：好像凡壞事沒有一件不是真的，而被說成是好事的倒有不少是假的。我趕緊帶住這思路以免動搖軍心，只留下一個問題，或者說是疑問，就是多少年來大家老掛在嘴邊用來評騭這個評騭那個的「真」，到底它是不是個標準呢。

我們平常所說的「真」，大概包括兩個內容：一是真實，可以說是個客觀的判斷；一是真誠，可以說是個主觀的判斷；也可以說「真」是這兩樣兒的某種統一。但是現在我一概都有所疑惑。關於前者，方才說了，凡壞事無一不真，如果不是真的，那它就不會有那些壞事的結果，也就不成其為壞事了；關於後者，死心塌地要幹壞事的也不是沒有過，如《世說新語・尤悔》所說：

桓公臥語曰：「作此寂寂，將為文、景所笑。」既而屈起坐曰：「既不能流芳後世，亦不足復遺臭萬載邪？」

這大概是人嘴所能說出的最邪惡不過的話語了，是誠心誠意要作惡，雖然桓溫那奸雄最終也只是說說而已；這方面如果要舉實例，最恰當的莫過於艾羅斯特拉特，他因為要留名（無所謂是在青史不是在青史）而燒毀了世界七奇之一的埃菲斯城中的狄安娜神殿。據說因為他這圖謀太惡毒，不能讓他得逞，埃菲斯城專門制訂了法律，誰再提起他的名字就處誰的死刑。但把這事記錄下來而且流傳至今，本身就說明他是如願以償地與立下赫赫戰功者一起永垂不朽了——而且大大超過了他們，時至今日，誰還記得那些東征西討的英雄們呢。話說回來，這樣的情況畢竟還在少數，可能世界上更多的壞事倒是由人們真誠地當作好事做出來的。唯其如此，他們也才能如此無所顧忌也無所畏懼，才能把壞事做得如此徹底，如此超出人心與人力的極限。（也許我想的不對：如果一個人知道自己在幹壞事，他總不免還要留一手罷，所謂「心裏有鬼」；自以為是在做好事才能做到「鬼神可鑒」。）歷史上那些帶有理想主義色彩的壞事例如在歐洲曾持續了幾百年的「異端裁判所」等都是這樣的。真誠地幹的壞事如同一切壞事一樣，也都是真實的壞事，異端裁判所光在西班牙就燒死過十幾萬人，血債累累，這可不是說著玩的。人類吃「真」的虧絕不比「假」少。

我覺得在生活或現實裏「真」並不是一種性質；真的什麼，那個「什麼」才是它的性質。比如真的幼稚就只是幼稚，真的愚昧也就只是愚昧。經常聽見人說，雖然那時我們有些幼稚愚昧，但畢竟還是真誠的，我想這實在好笑，從真誠的幼稚愚昧裏減掉幼稚愚昧，豈不是就剩下了一個零了麼。說這樣話的人只是繼續著他的幼稚愚昧而已，說不定更變本加厲了也未可知。「真」本身不賦予某一事物或某一行為以價值，那事物或行為還得另外找一個什麼性質去實現其價值。在這一點上，真與善和美是不一樣的。我們不知由打什麼時候起就喜歡把這三樣東西放到一塊兒說，好像作了理想世界的三分鼎足，其實這些範疇本不是在同一個層面上。說穿了，是個東西就是真，真是善、惡、美、醜這一切的總和；甚至我們沒準兒還可以把「假」也算在其內——假對假來說它是真的，假如果不真的是假，那它就不是假而是真了。當然也許我們不應該這麼抽象地談論真假問題，但正因為如此，「真」才不具有它自己的價值。要想拿「真」作標準就得意識到它永遠只能是相對的，全看你拿什麼來作這個「真」的標準了。比較起來善和美雖然也有其相對的一面，善與惡、美與醜之間雖然也常有所混淆，但在一定範圍內，我想善與美畢竟還是有絕對性的。善和美都是真的價值。這方面我也許有點嫌保守，不過我想如果不承認這一點，人也就不成其為人，文明的歷史也就延續不下去了。孟子說：「人之所以異於禽獸者幾希」，那個「幾希」即在此也，意識並追求善與美都是只有在人身上才有的事——當然這已經是題外話了。

一九九七年一月十日

善與美合論

《論語・顏淵》云：

棘子成曰：「君子質而已矣，何以文為？」子貢曰：「惜乎夫子之說君子也。駟不及舌。文猶質也，質猶文也；虎豹之鞟猶犬羊之鞟。」

楊樹達《論語疏證》解釋說：

孔子言：「禮，與其奢也，寧儉；喪，與其易也，寧戚。」又曰：「奢則不孫，儉則固。與其不孫也，寧固。」皆以文質不得兼備，則寧有質而無文。……此與棘子成之說異者，棘子成意謂有質則已足，不復用文。孔子則以文質兼備為主，萬不得已，則存質而舍文。兩說輕重不同，貌雖似同而實則有異，故子貢非其說而惜之也。然子貢謂文猶質，質猶文，於文質之輕重本末不加分別，似又非孔子之意矣。

《論語》這一節本來我就喜歡，經他一提示覺得更有趣了：有這麼多不一樣的說法，可供我們斟酌切磋一番。比較起來，我更傾向於子貢所說；不過即使在另外兩方面的意思裏，也看得出是承認一個前題，就是「質」與「文」是兩件事而不是一件事。他們討論質與文主要還是指的內容與表現，但是也不妨礙我們把概念的外延擴大一些，用來說明「善」與「美」。善與美到底是一件事還是兩件事，這是我近來常常為之而困惑的，——或者說你別是杞人憂天罷，這問題的答案不是明擺著的麼。但是我舉一個例子，就是經常聽見人絮聒的「心靈美」這話。如果我們認定善與美是兩件事，美之外還有一個善，「心靈」就沒有什麼「美」，它只能有「善」。並不是要否認這裏所指的內容，相反倒是大大的贊成，只是名義不甚對頭，好像「必也正名乎」似的。當然如果僅僅是名義問題也就無所謂，問題是這裏表面說的是美，其實說的是善；善鳩奪鵲巢般的占了美的位置，意味著善對美的一種取代。這真是不免要為子貢所笑了。當然這樣的事情古已有之，我們查字典看看「美」項下的一系列詞就知道，美的真正含義實際只限於「美麗」及其同義詞，當我們說「美好」、「美滿」等時已經超出了美的範疇，到了「美德」什麼的就與美沒有關係，完全說的是善那檔子事了。

說來平常我們也都明白，善人不一定是美人，美人也不一定是善人；僅以人而言，就有善且美，善而不美，美而不善和不善且不美這樣幾種組合，但是我們好像又總是不大願意承認。其實善是人的社會屬性，是作用於認知的；美是人的自然屬性，是訴諸於感官的。善有善的愉悅，但它沒有美的愉悅；美有美的愉悅，但它沒有善的愉悅。認知與感官是兩件事，其間沒有可比性，所以我們說不出它們的高低；善與美也是這樣。它們是我們從不同的維度對存在的價值判斷。善不是美的價值，美有它自己的價值。美作為一項價值標準，它是獨立的，只是它不應該是（其實善也如此）唯一的價值標準。對我們來說，任何存在的價值都有賴於我們綜合的印象和理解。我們與世界的關係是多維度的（善與美之外也還有別的維度），最終還有一番綜合價值判斷的事情要做，綜合價值判斷借助於所有維度的價值判斷，但它並不抹煞某一維度上的價值判斷。棘子成說：「君子質而已矣，何以文為？」幹嘛子貢要如廢名所說「給他那麼一個嚴重的修正」呢，不把善與美混同為一事，說明人類本來就是從不止一個維度上去認識世界的；而以善為美，則恰恰是守定了單一的維度，那就勢必覺得誰擋了誰的道兒了。

以善為美，對美幹的是保存名目而抽去內涵這樣一件事，對善來說雖然擴大了其範圍，但也未必就擡高了它的價值：善就是善，幹嘛非得頂著美的名兒呢。我總覺著這既意味著對美的不大放心，也意味著對善的缺乏信心。我們雖然也說「美」這詞兒，但暗地裏總要附加一條註腳：沒有善的美就不是美，或者說雖然是美，但是沒有價值。好像在我們的意識深處總覺得美與善是對立的，總覺得美可以破壞善似的。美沒有這麼邪惡，善也沒有這麼軟弱。以美為美，絲毫不影響以善為善。在我的印象裏，從來美學家們老是在那兒討論與美無關的問題；其實善別有善學，用不著偷偷摸摸地靠「美」來撐門面，善學即社會學、倫理學、道德學，它們自己應該健全；同樣，關於美也應該有一門獨立的學問。

多少年來美老是在那兒馱著善，自己直不起腰來；當美從善中擺脫出來，它才真正是美。在善與美的歷史上，這大概是屬於波特萊爾的功績。他在為《惡之華》草擬的序言裏明確地說要「把善與美區別開來」，要「發掘惡中之美」。我總覺得「惡之華」多少有點是對長期以善為美的反抗，雖然其意義不僅於此，這是打開了世界的另一半的突破，它讓我們知道慣於單維度地判斷世界的我們一直忽略了的是什麼。但是「發掘惡中之美」與「把善與美區別開來」也還說的是兩件事情，如同善不是美一樣，惡也不就是美。

一九九七年一月十二日

讀書漫談

前幾天我夢見少年時的一些事情，卻不是真發生過的，而是從前讀的兩本蘇聯小說《馬列耶夫在學校和家裏》和《瓦肖克和他的同學們》的內容。醒了我還久久不想起來，留連在剛才的夢裏，覺得真是心嚮往之。對我來說讀過的幾本書是那段歲月唯一有點光彩，也是值得回味的記憶了。那時家裏的藏書被劫掠殆盡，偶然剩下而我又能讀得懂的，除了上述兩種，還有半部《蓋達爾選集》，其中〈遠方〉一篇尤其為我所喜歡。這些書我讀過好多遍，不僅幾位主人公充當了我最要好的朋友，那裏面的情節也使我的日子過得有意思了些；多少年過去，真實的生活都模糊了、淡忘了，書中所寫在我的頭腦中乾脆替代了它們。當然若用文學史觀看待也不過是些讀不讀兩可之作，但我以個人的原因提到這幾本書總有一份感謝的心情，如果沒有它們我大概就沒有一個少年時代了。我沒有寫過什麼自傳，要寫的話我想我的前半生裏讀過的書的內容大約會在其中占去相當大的篇幅，書中的人物也會以同樣或更為重要的位置混雜於我的親友之間罷。

說來我也知道，把自己放置在文學作品的情境中，或把文學作品的情節人物引入自己的生活，至少這也是一種過了時的閱讀心理和閱讀方式。但是我並不因此抹煞書曾經對於我的生活所起的那種作用。有一派意見認為生活才是真實，而書不過是「真實的影子」，我想這是死於「真實」與「虛構」這些詞之下了，既不明白什麼才是真正的真實，也不理解書到底對我們來說意味著什麼。過去我認為我們的生活（首先是，但不僅僅是精神生活）是在這樣幾個主要的維度上展開的：生與死，我與他，人與自然，現在想想還應該再加上一個：生活與書。隨著現實主義作為文學史的一個時期的告一段落，我們的文學閱讀史也就開始了一個與「仿同」不同的新的時期；但是無論寫法與讀法發生了什麼變化，生活與書作為一種特殊的關係永遠存在，而其間絕不是簡單地可以真實與虛構截然分開的。

寫到這裏，大約有人會說你別是要寫一篇「讀書頌」或「勸學篇」罷，那倒不是，就是想寫也寫不成。因為我迄今還不能回答諸如「讀書到底有什麼好處」或「不讀書到底有什麼壞處」這樣的問題。世界上有很多根本不讀書的人，我不清楚他們因此少得到什麼好處或得到了什麼壞處。這一情況雖不至於動搖把生活與書看成是人生一件大事（因為相類似的情況是：世界上有很多人根本與自然不發生什麼關係，可是我們還是把自然看得如此重要），不過也就讓我們說不出鼓動讀書的話。以我個人的經驗，有一個印象不知確否：不讀書或多讀書並不見得有多少好處，但如果光是讀很少幾本書大概就只有壞處。此外還有另一個印象：有人讀書好比拿它墊在腳底，結果越讀自己越高；有人讀書則好比壓在頭頂，結果越讀自己越低。就後者說當然也不是好處了。所以我其實並不一概地相信「開卷有益」這樣說法。

說到我自己，好像前半生除了讀書，沒有做什麼別的事情，可是我也不能說讀書給了我什麼好處。第一我也在雖讀書但讀得不夠多之列，第二讀書並沒有使自己的境界或思想漸漸高起來，當然那原因卻在於另外一點：有一次我回顧往昔，不免有所疑問，一個人讀的書中，到底是好的多呢，還是沒價值的或者乾脆說是壞的多呢；以我而言，不幸又屬於後者了。我一直倒是很用功讀書的，記得上初中時家中無書可讀，每天下學都走近三站地去東城區閱覽室看書，回家很晚，在路上買一小包素炸丸子放在衣袋裏邊走

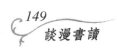

邊吃，常常把衣服都弄油了。我差不多讀過當時和此前一二十年間出版的所有中國的和由打蘇聯翻譯過來的小說——現在回想起來，為此花那麼多時間與精力怎麼說也有點兒不大值當似的，剛才說過「墊在腳底」的話，就算都踩著它們我大概也未必能升高多少。說來我不僅沒因此得到什麼幫助，後來我自己寫小說，寫散文，努力想從當時受到的種種影響裏擺脫出來，想把讀過的東西都忘掉，卻花了更多的時間與精力，而且恐怕至今也沒有做得徹底。「偷雞不成蝕把米」，斯是之謂歟。我為此懊喪了很久，直到去年遇見昭陽兄，閒談間問他近來看什麼書，回答正重讀《鋼鐵是怎樣煉成的》，我有些奇怪，本來欲說就中保爾與冬妮亞那段兒可能還有點意思，轉念一想這個以前在別的書裏寫得多了，也不過是浪漫主義的濫調而已，遂不知該說些什麼。他說他留心的是朱赫來是怎樣去影響和改造保爾，即人是怎樣煉成鋼鐵的，其中頗有值得深思之處。我聽了真是恍然大悟，平常與朋友往來，能獲取新的思想已屬難得，像昭陽兄這樣提供新的方法的則還是頭一次。或許如此才可以一談讀書，而想起來我在這裏說的很多話也就算是白說了。

一九九七年一月二十五日

莫札特與我

這些年來我常常聽莫札特。但是這裏所要談的並不是他，而是我自己——因為我自忖沒有談論莫札特的本事，無論是對他的生平，還是對他的音樂，我的所知都不超過普通欣賞者的水平，或者竟是更在其下。我又一向缺乏音樂方面的系統教育，即以所知而言也未必就確當。實話說，不過是憑興趣聽過一些曲子，留下一點片面膚淺的印象而已。卡爾·巴特說：「如果誰對莫札特僅一知半解就試圖去討論他，誰就很容易停留在僅僅用一些溢美之詞去讚美他的階段。」這話本來是警告咱們的專家或者自以為是專家的，我雖然兩者皆不是，也該引以為誡才對。那麼幹嘛還要談呢。巴特的話使我想起蘇東坡的〈日喻〉：「生而眇者不識日，問之有目者。或告之曰，日之狀如銅盤。扣盤而得其聲。他日聞鐘，以為日也。或告之曰，日之光如燭。捫燭而得其形。他日揣籥，以為日也。」我們有眼睛的人總覺得這很可笑，但若真的替盲者體會，亦未始不是一種感受，甚至一種慰藉。我自認是這方面的盲者，但是莫札特之於我，也正彷彿是太陽那麼一個意思。

很多年來，我把莫札特看成是光明。在所有藝術家當中，我覺得他與我最有關係，雖然說實話我們之間的距離卻是最遠的。我平時為文或行事大抵幾近中庸，但若論喜好卻是在這世界上處於兩極的東西，我自己是在其中的一極上，而莫札特是在遙遙相對的另一極，我以他為光明，是因為我的思想其實是很黑暗的。（這更多的體現在我的長詩《如逝如歌》裏。）我可以說是置身在莫札特的音樂之外。要說與我最接近的還是另外一類音樂家，比如我一向很喜歡聽的肖斯塔科維奇，他的音樂裏有那麼多的苦難，應該發生的，不應該發生的，反正是經歷過，經歷著，而且還將不可避免地要經歷，這不是說的某一個人，而是整個人類——我覺得他是一種黑暗的光，我希望有一天也能夠好好表現出來自己也是這樣。這還可以引一位畫家的作品來做說明，那就是去年我在巴黎皮埃爾·蘇拉吉的畫展上看到的他那些純粹用黑色畫的畫。從來沒有一個人的畫像蘇拉吉那樣讓我有這樣明確的「這就是我」的感覺，所以第一眼看到忽然覺得心裏很亂。我想我就是這樣的。比起我的一些希望通過散文宣傳人類大同的朋友來，我可能更接近於後現代派，就像一個人半夜醒來，看著身邊的人正睡的甜美，雖然不忍心喚醒他們，甚至覺得應該加以愛護，但是自己是無論如何再也睡不著了。也正是因為如此，我才真心嚮往莫札特——我不說喜歡，我是說嚮往，這換一個詞來形容，也可以說是需要。莫札特有我所沒有的光明，也有我所沒有的幸福感，但是他是那麼真實，而且，從來也不簡單。他也不是麻木，不是不知道或者否認世界上有苦難，他是包容了這些苦難，把它們與幸福一起放到一個更大的秩序裏，他這個人一生也沒有放棄對幸福的感受。就連最後的《安魂曲》，那麼苦難的內容，也時時有著一個充滿秩序的背景，我每一次聽都感到對莫札特才可以說「高山仰止，景行行止」。所有這些，都是我沒有的，莫札特讓我看見了世界另外的一極，他才真正告訴我還有光明與幸福存在，所以多少年來我需要經常傾聽他。這也就是我要說的「莫札特與我」名目下的那個關係。

當我們看蘇拉吉那些完全是黑色的畫時，我們看到上面的反光，黑色反而成為背景。這裏有一種相反相成又相輔相成的東西，這樣兩個內容共同構成了完整的蘇拉吉。沒有比他更需要光的畫家了，也沒有誰的畫比他更讓我們感受到光亮的強度。多少年來我反覆地聽莫札特，雖然我的感受和我在這裏所說的都是最平庸不過的，但是我仍然認為這至少對我是有意義的，因為這也是一種反光。莫札特的光明在某種意義上也就為我所有。這提供了一種可能性：通過讚美莫札特，我獲得了一個完整的我。我以我的全部人生與思想作為這一讚美的背景。

一九九七年七月二日

思想問題

對我來說，思想成為一個問題，大概是從八十年代初開始。一九八一年暑假我去哈爾濱，讀了《蒲寧中短篇小說選》和羅伯-格里耶的《橡皮》，這原是兩本完全不一樣的小說，我卻看出一點相通之處，即無論蒲寧也好，羅伯-格里耶也好，他們對這個世界，都有著屬於自己的完整看法。轉念一想，世界上那些大作家其實無不如此。於是我就把這個意思，說與父親聽了。父親當時思想還不解放，並不表示贊同。而我在此之前，也基本上是接受現成的一套看法的，從來沒有明確考慮要將「我」與「我們」分離開來。所以我這想法，雖然現在看來平凡之極，不值一提，當時對我來說卻非同小可。當然這也不是突然醒悟，此前已經有些因由了。

七十年代末以後，有三位西方思想家在這裏影響很大，一是沙特，一是尼采，一是弗洛依德。他們的主要著作，那時大多尚未譯介過來，只能通過零星介紹文字和臺灣出版的行文彆扭的譯本來瞭解。我最早接觸弗洛依德，還是依靠朱光潛的《變態心理學》，以後又託人從香港買到「新潮叢書」中的《夢的解析》、《性學三論・愛情心理學》和《日常生活的心理分析》，為買這幾本書，幾乎用去我一個月的工資，但能夠到手，只感到特別幸運。弗洛依德對我的影響，更多是在文學方面，我實際上是通過他而達到杜思妥耶夫斯基，乃至整個西方現代文學的，沒有弗洛依德關於變態心理的理論給打底子，至少對小說中的人物就談不上有什麼理解。思想方面則更多受到沙特和卡繆的影響，除了前面提過的他們那些文學作品外，有一本現在看來編得很差的《沙特研究》，也曾給我很大幫助，再就是《外國文藝》上發表的他的論文〈存在主義是一種人道主義〉，後來我又從香港買來卡繆的《西緒福斯的神話》，至於沙特的《存在與虛無》和《辯證理性批判》則是很晚才讀到的了。存在主義哲學，特別是「選擇」一說，可能給予過社會中很多個我以極大振奮，至少對我本人來說是這樣；而我和別人一樣，當時都很需要受到這種振奮。然而時過境遷，我似乎逐步退居到它的一個前提上了。沙特說「存在先於本質」，首先是針對作為個體的人而言；選擇也首先是個體行為。每一個體代表一個主觀性。這本來更多強調的是行為，而思想就體現於行為之中，我卻寧願將這一切限定在思想領域。換句話說，我是通過存在主義而達到笛卡兒的「我思故我在」。存在主義的前提做了我的思想前提。這就是一九八一年夏天我說那句話的真正含義。我以皮藍德婁式的眼光去看待自我意識或行為意義上的選擇：無論是誰，在現實中總要為自己尋找一副面具。人變成了他自己——一個戴面具的人。存在主義無疑是張揚「我」的，我因此而獲得了關於「我」的意識；但是我所理解的「我」，是個被限制在一定範圍內的「我」，至於西方自文藝復興以來過分張揚「我」的意識，則始終不能認同。《蒼蠅》和《鼠疫》帶有濃重的悲劇色彩，其實也是對「我」的一種英雄化處理，所以我看它們也有所保留。我的看法是，「我」是自由的，當「我」在思想時；而作為存在的「我」不自由。對於卡繆在《西緒福斯的神話》中所說的：「我對人從不悲觀，我悲觀的是他的命運。」我正是這麼理解的。卡繆的反抗者最終也只是思想者而已。沙特和卡繆所強調的人的孤獨，也應該是一個思想者才真正可能擁有的感覺。自由是思想的可能性。對於「我」的這種認識，使我不能完全接受尼采，他給予我只有否定意義上的影響（「上帝死了」），而沒有肯定意義上的影響（「超人」和「權力意志」）。尼采的《查拉圖斯特拉如是說》、《悲劇的誕生》和《歡悅的智慧》，最早也是從香港買來的。弗洛依德、卡繆和尼采的著作，我以後都讀到較好的譯本。

上述這些意識當時還很模糊，接觸了卡夫卡的作品（包括小說、隨筆和日記）以後，才變得明確起來。我與卡夫卡產生共鳴，是從「選擇」的反面即「無可選擇」方面開始的，進而我幾乎是接受了他整個的世界觀——前面我講要有自己的世界觀，其實不過是說無須局限於既定的世界觀而已。卡夫卡對我的影響，可以說是由「我」而「人」，由「人」而「世界」。我的反浪漫主義、反理想主義和反英雄主義，都來源於卡夫卡。他有番話很出名：「巴爾扎克攜帶的手杖上刻著的格言是：『我將粉碎每一個障礙。』而我的格言卻是：『每一個障礙都將粉碎我。』我開始還認為時代變遷，人的境遇因而有所不同，後來才明白，卡夫卡是在陳述一個事實，過去、現在和將來是如此；而巴爾扎克的想法，不過是文藝復興以後一段時期人類的某種幼稚狂妄罷了。卡夫卡的悲觀主義，是結局的，更是前提的；對他來說，「我」並不超乎整個悲觀主義範疇之外，而是位於其最深處，可以說悲觀主義始於「我」，也止於「我」。古往今來，要數卡夫卡對人的境遇體會最深刻，最真實。他說：「目的雖有，卻無路可循；我們稱作路的東西，不過是彷徨而已。」正是對西方幾百年來關於人的主流思潮的反動。卡夫卡的荒誕感歸根結底還是現實感。我與卡夫卡產生共鳴，正是在哲學和現實的不同層面。卡夫卡說：「惡認識善，而善不認識惡。」又說：「惡是善的星空。」這裏善不如說是最後剩下的一點自我意識，僅僅作為這一意識的載體而存在的卡夫卡，正是那個茫然地仰望無限星空的人。至於他說：「善在某種意義上是絕望的表現。」大概更多涉及現實層面，不過這句話裏反而有光亮了，它賦予絕望一種特別意義。如果連絕望都沒有，那麼只剩下黑暗了。用歷史而不是現實的眼光看，絕望甚至就是希望。我進而去讀索忍尼辛的《古拉格群島》等，感受特別深切。這方面還應該提到盧森堡的《論俄國革命》和柯羅連科的《給盧那察爾斯基的信》，如果《古拉格群島》是證詞，他們就是在預言。值得注意的是他們何以能夠作出這種預言。很明顯在這些知識分子（也只有這樣的人，才真正稱得上是知識分子）的意識中，幾乎本能地對人的境遇特別敏感，這也許應該歸結於某種文化傳統或宗教傳統。但是如果認為這些作品僅僅關乎某一具體現實，就未免太膚淺了。我們只有在歷史而不是現實的尺度上，才能看到思想的真正位置和真正力量。歷史對我來說，是一種眼光或一種尺度，是存在之外的存在，是我的同謀或依靠；而思想是這一領域裏的現實。

由此進一步講，便是人道主義的問題了。我在這方面受到的影響，實際上是中西兩路。以上所談是西方一脈，而更重要的還是來自中國本土的思想。這個脈絡，簡單說來就是由周作人而孔子。周作人在〈人的文學〉中講的「個人主義的人間本位主義」，實際上就是孔子的「仁」。以後他在〈中國的思想問題〉中，所說就更為明確：「人……與生物同樣的要求生存，但最初覺得單獨不能達到目的，須與別個聯絡，互相扶助，才能好好的生存，隨後又感到別人也與自己同樣的有好惡，設法圓滿的相處。前者是生存的方法，動物中也有能夠做到的，後者乃是人所獨有的生存的道德，古人云，人之所以異於禽獸者幾希，蓋即此也。」我想西方文藝復興之後，人們對人道主義往往有所誤解，把它當成純粹的個人主義了，實際上人道主義是一種社會主義，其出發點不是社會中的某一個我，而是每一個我。說得明白一點，人本主義不是「我本主義」。無論作為思想者還是行為者，孔子這一形象在中國歷史上都僅僅意味著一種理想。若論影響可以說是未曾有過，有所影響的都是被歪曲了的。仁是否已經成為中國文化傳統的一個成分，仍然是十分可疑的。這一文化傳統中似乎始終沒有人的真正位置。或許正因為如此，孔子才要標舉仁呢。孔子在《論語》中談及仁凡百餘次，每次所說均視不同對象和不同語境而不同，〈顏淵〉篇中有兩則云：「樊遲問仁，子曰：『愛人。』」、「顏淵問仁，子曰：『克己復禮為仁。一日克己復禮，天下歸仁焉。為仁由己，而由人乎哉。』」可以說是分別從個我和社會，起始和終極兩個層面上去談論仁的，歸結起來，便是仁的全部含義。仁是人關於人的意識，而後面這個人，首先是別人，最終也是自己。值得注意的是孔子對顏淵說話時，對「己」有著清醒認識，己既是仁的主體，又有可能構成仁的障礙。「為仁由己」，然而又要「克己」。強調自我意識而又限定自我意識，正是人道主義的關鍵所在。附帶可以說到「信」。這方面我最佩服四個人，一是介之推，二是伍子胥，二人事跡見載《左傳》和《國語》，人人盡知，這裏無須贅言；三是尾生，《莊子・盜跖》說：「尾生與女子期於梁下，女子不來，水至不去，抱梁柱而死。」四是伏生，《史記・儒林列傳》說：「秦時焚書，伏生壁藏之。其後兵大起，流亡，漢定，伏生求其書，亡數十篇，獨得二十九篇，即以教於齊魯之間。」這是四個無法面對現實的人，信成了他們最後的藏身之處。信是自我的一種關照。

周作人給我另一重要影響是他所倡導的寬容理論。在〈文藝上的寬容〉中，他說：「寬容絕不是忍受。不濫用權威去阻遏他人的自由發展是寬容，任憑權威來阻遏自己的自由發展而不反抗是忍受。正當的規則是，當自己求自由發展時對於迫壓的勢力，不應取忍受的態度；當自己成了已成勢力之後，對於他人的自由發展，不可不取寬容的態度。」這是一番頗帶理想色彩的話，我們也就把它當做一種理想罷，實際上寬容也是從人道主義引申來的。每一個我彼此真正承認並容忍對方的存在，就是寬容；而只有寬容，才使得思想真正成為可能。在卓別林的《一個國王在紐約》中，叫做魯柏特的孩子喋喋不休，國王根本插不上嘴，魯柏特說：「還有，言論自由，那個東西存在嗎？」國王回答：「不存在了，全給你占完了。」便是一個好例子。

中國固有思想給予我的影響，一是由周而孔，如前所述；一是由莊而禪。《莊子》的「道」，就是人超越了固有價值體系之後所獲得的自由意識。固有價值體系來自於「我」之外；而「我」的意識是針對「我之外」而產生的，所以也屬於「我之外」。〈齊物論〉篇說「吾喪我」，即是此意。拒絕固有價值體系，也就是不以這一體系的存在為前提，不在這一體系之內做判斷，無論是「是」還是「非」。因為「非」的依據還是「是」，並沒有超越於「是」的價值體系，這就是「是亦彼也，彼亦是也」。「彼是莫得其耦，謂之道樞。」才是真的自由。〈養生主〉篇有番話，可以認為是將這一觀點施用於社會領域：「為善無近名，為惡無近刑，緣督以為經。」「善」與「惡」，「刑」與「名」，從根本上講是一回事。所謂「緣督以為經」，也就是另闢一路，自設前提。《莊子》所說最終是一門有關前提的哲學。禪宗正是在這一點上發展了《莊子》，公案成千上萬，其實都是提供一種思維方式，而這一思維方式的特點就是拒絕既定的思維方式。譬如：「問：『如何是祖師西來意？』師曰：『庭前柏樹子。』」（《五燈會元・趙州從諗禪師》）古德如此回答，意義只在打破提問造成的語境，否定對方強加的前提，因此從有限境界超越到無限境界。禪宗所講的是「大語境」，絕對自由自在，我所領悟的只是它的一個前提，即不輕易接受任何既定前提，也就是「逢佛殺佛，逢祖殺祖」。這實際上是一種思維方式。譬如我讀《莊子》，長期被這是一部完整的書（〈讓王〉以下四篇除外）的觀念所束縛，但是怎麼也看不出有一個能為全書所接受的哲學體系，自相矛盾之處太多了；忽然有一日我明白之所以如此，是因為《莊子》根本不是一部完整的書，乃是由不同成分雜湊而成，只須去掉所有可疑篇章，那個哲學體系自然就呈現出來了。至此我才算讀通了《莊子》。我接受疑古思想，正是與此有關，因為固有成見，往往不能自圓其說，常常弄到捉襟見肘。《莊子・天下》說：「連環可解也。」打破連環，也就解了。回想尼采說的「上帝死了」，也正是宣告既定價值體系的崩潰。這是一個方面；從另一方面考慮，《莊子・徐無鬼》提到「各是其所是」，又提到「公是」，每一「各是」都是相對而言，因而一己的前提不能加之於他人，——在這一層面，恰與前述寬容理論不無一致之處；當然「各是其所是」本身並不能成為絕對或終極，看到這一點，也就是「公是」了。

我形成這種思維方式，說來還有另外一條路徑。一九七七年我參加高考，沒有任何思想準備，根本不知道學什麼好，只是遵從父親的要求，不考文科而已。結果稀里糊塗地學了醫科，大學總共五年，畢業後只當了一年半的醫生，未免白白浪費時間。與我情況相似的是戴大洪，他學的是光學，也沒怎麼用上，曾自嘲地講是「光學不練」。但是多年以後，我倒體會到學醫的一點好處了。首先是使人冷靜，不復狂熱浮躁；其次是拘定唯物思想，不相信世間一應虛妄迷信之事；更重要的還在思維方式方面。這職業一要講理性，二要靠實證，三要用邏輯。醫學上不能預先設置前提，也就是不輕易接受既定前提。一切始於事實，加以邏輯分析，最終得出結論，如果先入為主（「先入」的雖然說是己見，其實還是他見），一定會犯錯誤。而作為醫生對此又特別謹慎，不能不時時有所警惕。講到邏輯，最早還是父親給傳授了一點知識，時間在七十年代初；以後上了大學，雖然沒有這門課程，但是內外婦兒五官諸科，包括我的專業口腔科，涉及診斷用的都是邏輯推理方法。至此我才明白，邏輯學講大前提——小前提——結論，何以前一個前提說「大」，後一個前提說「小」，因為劃定的範圍正是由大而小，而結論一定又要小過小前提，所有這些才能成立；也就是說，從大前提到小前提再到結論，其間一定是必然的而不是或然的關係。而且順序一定是從大前提到小前提，再到結論，不能反過來推論。承認這一點，本身就是理性的表現；行之於文，才有可能言之成理。

我曾經對朋友說，二十世紀中國所引進的思想，有兩種最重要，一是寬容理論，一是實證哲學。我接受實證哲學，如前所述是始於大學所受教育和此後短暫的從醫經歷，但是構成一種思想，還是讀到胡適的著作之後。五四三大師，我最早接觸的魯迅，此後是周作人，最後才是胡適。魯迅最佩服他關於歷史、社會和人的悲劇意識，周作人是寬容理論，而胡適對我的影響則在方法論上。而這主要來自閱讀他關於中國古典小說的一系列考證文章。胡適在〈介紹我自己的思想〉一文中說：「少年的朋友們，莫把這些小說考證看作我教你們讀小說的文字。這些都只是思想學問的方法的一些例子。在這些文字裏，我要讀者學得一點科學精神，一點科學態度，一點科學方法。科學精神在於尋求事實，尋求真理。科學態度在於撇開成見，擱起感情，只認得事實，只跟著證據走。科學方法只是『大膽的假設，小心的求證』十個字。沒有證據，只可懸而不斷；證據不夠，只可假設，不可武斷；必須等到證實之後，方才奉為定論。」而另一番話，用以解釋「大膽的假設，小心的求證」就更為清楚：「不曾證實的理論，只可算是假設；證實之後，才是定論，才是真理。」總之，「假設」與「定論」之間有著本質區別，無論如何不要混淆。羅爾綱記述胡適教他如何治學的《師門五年記》，在這方面也給我很大啟發。

我覺得世上有兩句話最危險，一是「想必如此」，一是「理所當然」。前者是將自己的前提加之於人，後者是將既定的前提和盤接受，都忽略了對具體事實的推究，也放棄了一己思考的權利。我們生活在一個話語泛濫的世界，太容易講現成話了；然而有創見又特別難；那麼就退一步罷，即便講的是重複的意思，此前也要經過一番認真思考才行。《論語・陽貨》云：「子曰：『道聽而塗說，德之棄也。』」說的正是此意。而如前所述，執意唱反調也不過是講在現成話罷了。又〈子罕〉篇云：「子絕四：毋意，毋必，毋固，毋我。」差不多概括了這裏涉及的一切。當然我這麼說話，仍然不是自居高明，其實倒是對自己的一番提醒。

二〇〇〇年十月十五日

三輯

就文論文談胡適

胡適至少是一本書的題目，而這樣一本書不是區區如我有學識和才力能寫出來的。但我還是想談一談，因為這些年來胡適的文章、書信和日記我也認認真真地讀了有好幾百萬字。那麼就把範圍縮小一點兒，就文論文。可是這也有困難：對於胡適來說，斯人已矣，他的是非功過都留在文章裏，怎麼可能抓住一點而不及其餘呢。何況有些事情，其實是在邊緣上，說是屬於文章也行，說不僅僅屬於文章也行。這正可以舉胡適的一個例子，見〈評論近人考據老子年代的方法〉：

> 我已說過，我不反對把《老子》移後，也不反對其他懷疑《老子》之說。但我總覺得這些懷疑的學者都不曾舉出充分的證據。我這篇文字只是討論他們的證據的價值，

並且評論他們的方法的危險性。中古基督教會的神學者，每立一論，必須另請一人提出駁論，要使所立之論因反駁而更完備。這個反駁的人就叫做「魔的辯護士」(Advocatus diaboli)。我今天的責任就是要給我所最敬愛的幾個學者做一個「魔的辯護士」。魔高一尺，希望道高一丈。我攻擊他們的方法，是希望他們的方法更精密；我批評他們的證據，是希望他們提出更有力的證據來。

至於我自己對於《老子》年代問題的主張，我今天不能細說了。我只能說：我至今還不曾尋得老子這個人或《老子》這部書有必須移到戰國或戰國後期的充分證據。在尋得這種證據之前，我們只能延長偵查的時期，展緩判決的日子。懷疑的態度是值得提倡的。但在證據不充分時肯展緩判斷(Suspension of judgement)的氣度是更值得提倡的。

這裏要說一句題外話，我自己其實也是一個「《老子》移後派」，但是我還是很喜歡他這一番話；而且我覺得，胡適之為胡適，差不多都體現在這番話裏了。以我粗淺的體會，至少有三樣兒一般人不能及他的地方：第一是在方法論上的貢獻，第二是文章中表現的做人和作文兩方面的態度，第三是文字本身所有的美。昨天我走在路上，忽然想起胡適文章的好處，如果非要我來概括，那也只有說他「講理」。我說的這個講理既在文章之前，又在文章之中，對於胡適來說，似乎是整個兒的。說到文章，因為講理，就要有依據，就要有邏輯，就要有分寸，就要有他所說的「氣度」。好像胡適文章的魅力都是由打這兒來的。當然這種魅力是要細細體會出來，而且不一定為時人所看重，然而實際上真達到這點並不容易。這樣寫出來的文章有可能波瀾不興，於讀者在智慧和情感方面都少一些撩撥，但是也就避免了前人所說的「英氣」，也就是這些年來大家（包括我在內）文章中時常見到的法家氣。這用孟子的話說就是：「予豈好辯哉，予不得已也。」關於胡適，我們正可以從與此完全相反的方向去理解，至少在一篇文章中，他總是始終如一、一絲不苟地在那裏講理，所以就沒有什麼「不得已」，也就不「好辯」。而「辯」總是有沒理攪理之嫌。胡適則幾乎沒有什麼需要不講理的，現在看來或許這才是大智慧。我很佩服他因此而有的那種從容，同時這也是我讀他的文章每每感到親切的地方。而且好像他全部的樂趣都在於講理，他的文章我最喜歡的是幾篇古代小說的考證，那可以說是一系列有關智慧（也就是講理）歷程的詳盡記錄。

除了個別情況（如《四十自述》、《南遊雜憶》等）外，胡適並不是一般意義上的散文家，文章對他來說僅僅在於表達。他關於文章的觀念其實是很質樸的，曾在〈什麼是文學——答錢玄同〉中說：「文學有三個要件：第一要明白清楚，第二要有力能動人，第三要美。」而他所說的「美」也並不玄虛：「美就是『懂得性』（明白）與『逼人性』（有力）二者加起來自然發生的結果。」一來他的「明白清楚」、「有力動人」與前述講理是相為表裏的，二來他在遣詞造句上極具功力，因為能把握住這樣兩方面，他下筆也就能放得開，反倒有一般文章難得的自由。這也可以舉一個例子，是他自己在給梁漱溟的一封信中關於〈評「東西文化及其哲學」〉說的：

適每謂吾國散文中最缺乏詼諧風味，而最多板板面孔說規矩話。因此，適作文往往喜歡在極莊重的題目上說一兩句滑稽話，有時不覺流為輕薄，有時流為刻薄。……如此文中，「宋學是從中古宗教裏滾出來的」一個「滾」字，在我則為行文時之偶然玩意不恭，而在先生，必視為輕薄矣。又如文中兩次用「化外」，此在我不過是隨手拈來的一個Pun，未嘗不可涉筆成趣，而在「認真」如先生者，或竟以為有意刻薄矣。

輕薄與刻薄固非雅度，然凡事太認真亦非汪汪雅度也。

我覺得新文學諸位大家於文章之道無不具有叛徒的風骨，胡適亦不例外，所以他能超越於「規矩」、「莊重」與「認真」之上。換句話說，因為他是守定「認真」於講理，所以才能放手「玩世」於文章。當然這裏他說的是客氣話，可是也就道出他文章的特色之一。我說他的文章往往只是表達，可是實在又表達的好，對於文章來說這也就夠了。記得谷林嘗說讀胡適文章「於沈思默想之餘，恍若優游乎清蔭流泉之間」，我是素來服膺此老見識的，這裏簡直想要冒昧地說一句「英雄所見略同」了。

一九九八年十月一日

關於錢玄同

我們應該有一部《錢玄同全集》。這將大有裨益於我們的思想史研究和學術史研究，而且對今後這兩方面的發展也能有所幫助。就我個人而言，其實還有一點自私的理由：我真的很想讀，這樣則可以方便許多。講到我對錢氏的興趣，除了上面說的，還在於其文章本身，我覺得在二十世紀中國散文史上無論如何也是自成一家的。遺憾的是這些文章從來不曾收集過。我自打生了一個喜歡的念頭，就沒少花功夫翻找當年的報刊雜誌，雖然遺漏甚多，可是說幾句閒話總是可以的了。

一言以蔽之，錢玄同的思想是「激烈」，他的文章則是「率真」。而這兩者都有個底子，或者說是有所依靠，即作者原來是一位功底深厚、創見卓越的學問大家。晚年時他在〈我對周豫才君之追憶與略評〉中總結說：

> 我所做的事是關於國語與國音的，我所研究的學問是「經學」與「小學」，我反對的是遺老，遺少，舊戲，讀經，新舊各種「八股」，他們所謂「正體字」，辮子，小腳，……二十年來如一日，即今後亦可預先斷定，還是如此。

這裏不談錢玄同在思想革命上的功績，只指出一點，就是他談論的思想方面的話題幾乎都是在他的學術研究裏生了根的。而他寫起文章一向是想說什麼就說什麼，想怎麼說就怎麼說，甚至陣前叫罵（如有名的「選學妖孽」、「桐城謬種」）也無不可，但是我們讀來卻從來不覺得粗鄙淺陋，反而別有韻味，這是很奇怪的事情。這也正是新文學運動開始前後那一代作家所特別有的本事，後來的效顰者怎麼也學不像，乃至一學就成為惡札了。錢玄同說：「老老實實講話，最佳。」（〈論應用之文亟宜改良〉）此語原本不是隨便說的，換個人「老老實實講話」試試看，大概就未必「最佳」。這使我想起曹丕在《典論・論文》裏所說「文以氣為主」，似乎過於玄虛，但也許正可以用來說明錢玄同一派文章，蓋學問成就即是他文章（思想亦然）裏的「氣」也。一來因此看得透，二來落筆放得開，他很有那份自信。這不是後來所謂「學者」那種擺架子，那還是被拘束了；對錢玄同來說正相反，他表現出來的是一種無拘無束的自由感，我想這正是從其學問成就昇華來的。所以我們先得說他學問做到家了，然後再說他文章做到家了。不妨從錢氏〈國語羅馬字〉一文裏引一節為例：

> 古代的野蠻人，因為知識蒙昧的緣故，不會分析音素，製造音標，只好要說太陽，就畫太陽；要說烏龜，就畫烏龜；要說「歇腳」，就畫一個人靠在樹底下（休字）；要說「下山」，就畫兩隻腳向下，而旁邊再畫一座山（降字）；要說「看見」，就在身體之上畫一隻大眼睛（見字）；要說「救人」，就畫一個人掉在坑裏，兩隻手拉他出來（丞字，即拯）；這就是所謂「象形」「指事」「會意」之類。這種文字，不但難寫，也造不多，而且給事物的形狀束縛了，既不便於移作別用，又不易於改變一部分，只合給野蠻時代的獨夫民賊們下上諭，出告示而已。到了社會上有了學術思想，著書立說者逐漸加多，這種野蠻的文字早就不能適用了，所以有所謂「形聲」「轉注」「假借」種種的方法，把事物的圖畫漸漸變成聲音的符號。既然把文字看做聲音的符號，自然「烏龜」的符號用不著像烏龜，「看見」的符號也無須有很明白的

一隻大眼睛；質而言之，便是字形沒有表示意義的必要而有表示聲音的必要，沒有求像的必要而有求簡的必要。由寫本字到了寫假借字，是棄義主音的證據；由寫古文到了寫草書，是捨像趨簡的證據。

這麼一個枯燥而又嚴重的話題，被他說的如此清晰透徹，活靈活現，真是舉重若輕的功夫。當然文章對於錢玄同來說始終只是第二義的，他畢生都在思考，發現，至於寫不寫在紙上在他本無所謂。他是有名的「述而不作」的人物，胡適嘗批評是「議論多而成功少」，他自己則更正為：「豈但少也，簡直是議論多而成功無。」他的不寫文章與寫文章其實有一點是相通的。以「述而不作」而「作」，則一方面是不能不「作」，要說的真有份量；一方面並沒有把「作」當成多麼隆重的行為，只是「老老實實講話」。「氣」如果有這個東西，就不是裝出來的；擺架子或作態者不是被學問之事嚇唬住了，就是被文章之事嚇唬住了。相比之下，最可望而不可及的是那份底蘊，那份態度。這才叫做「文如其人」。錢玄同激烈，率真，我還想說他瀟灑，親切。現在大家都講文章是本色的好，其實本色的文章最難，難不在文章本身，難在寫文章的那個人。

一九九八年十月八日

關於劉半農

《半農雜文》兩集幾年間整整讀過三遍了，我實在是覺得他寫得有意思。關於他的文章也看過一些，但是所論似乎都不超出他去世前不久在《半農雜文．自序》中說的：

我以為文章是代表語言的，語言是代表個人的思想感情的，所以要做文章，就該赤裸裸的把個人的思想感情傳達出來：我是怎樣一個人，在文章裏就還他是怎樣一個人，所謂「以手寫口」，所謂「心手相應」，實在是做文章的第一個條件。

一般只是講他「文如其人」，簡而言之也就是一個「真」字。不過我倒以為單單是真其實並不具有審美價值，文如其人也只是一句沒有講完的話。「真」必須具備兩方面才行：什麼樣的真，這個真怎麼把它表現出來；可以說一是「真的好」，一是「好的真」罷。劉半農在自序中談及所謂「不可懂的文章」時說：「譬如你有一顆明珠，緊緊握在手中，不給人看，你這個關子是賣得有意思的；若所握只是顆砂粒，甚而至於是個乾屎橛，也『像煞有介事』的緊握著，鬧得滿頭大汗，豈非笑話！」

這段話最可以讓我們理解「真」的問題，以及劉半農自己的真——說實話這比之為明珠大概也不為過。他還寫過〈應用文及其作法〉一文，其中說：「做應用文最好記牢『情信，詞巧』四個字。」

這也正是我們這裏所討論的。他說：「情信，就是話要老老實實的說：記載事實要力求真確，不可文勝於質；表示意見要合乎人情世事，不可隨便亂說，不可強詞奪理；發抒情感要適合於本身之所宜，不可矯揉造作，不可無病而呻。」

因此「我是怎樣一個人，在文章裏就還他是怎樣一個人」也並非隨隨便便的事兒；對劉半農來說，自我是經過理性或者說文明的洗禮的，是有著很深的修養在裏面的。這才由著他表現真性情，「闊大」，「樸實」，「爽快」，「雋趣」，都由著他。「詞巧」則涉及表現的問題，他用「明，達，切，當」四個字來解釋：「明，是說條理要明白」，「是說層次要明白」，「是說話句要明白」；「達，就是傳達，是要把自己要說的話，無論如何曲

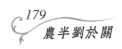

折隱微，都能一絲不苟的傳達出來」；「切，就是切合，就是所說的話，處處要緊切著所要說的東西，不要離開了它放野箭」；「當，就是應當，應當說的話要盡量的說，不應當說的話要盡量的刪」。看起來他是想怎麼寫就怎麼寫，其實怎麼寫在他是一點也不馬虎的。

以上兩方面的意見說來都很平常，似乎人人皆知，但是非常結實，而真正做到其實是很難的。《半農雜文・自序》中總結自己文章風格所說的「流利」、「滑稽」、「駕馭得住文字」、「舉重若輕」、「聰明」等，把這兩方面都包括了。劉半農很好的真在他的文章中很好地表現了出來。記得周作人在〈志摩紀念〉中說過：

據我個人的愚見，中國散文中現有幾派，適之仲甫一派的文章清新明白，長於說理講學，好像西瓜之有口皆甜，平伯廢名一派澀如青果，志摩可以與冰心女士歸在一派，彷彿是鴨兒梨的樣子，流麗輕脆，……

我覺得劉半農也可以歸在這第一派裏，而且是為翹楚。這一派文章乃是從胡適所說的「有什麼話說什麼話，話怎麼說就怎麼寫」出發的，前述劉氏之〈應用文及其作法〉該算是其理論上最好的總結了。從前他還寫過〈應用文之教授〉，一再特別標明「應用文」，這很值得注意。劉半農說，應用文就是「適應實用的文章」，正代表著這一派散文的特色。適應實用，然而他們寫的是很好的文章。以劉半農為例，他最具代表性的作品如〈奉答王敬軒先生〉、〈作揖主義〉、〈悼「快絕一世の徐樹錚將軍」〉、〈老實說了吧〉、〈北舊〉和〈南無阿彌陀佛戴傳賢〉等，就題材而言都是時文一類，但因為是「真的好」，又是「好的真」，所以就有永久的生命力。讀劉半農的文章，總是一方面覺得其中體現出來的劉半農真是面目鮮明，另一方面又覺得他是多麼好的一個人，活得有份量，誠懇，而且熱鬧。錢玄同當時在悼念他的文章中說：

我那時得了這個噩耗，不禁怔住了，心想怎麼生龍活虎般的半農竟會死了呢？

現在讀劉半農的遺作，我也能感覺到遽然失去他中國散文的寂寞。寫到這兒我忽然想起來，劉半農所屬的那一派散文，一篇兩篇如今可能還見得著，但作為散文的一派怎麼就沒了呢。或許「好的真」還可以從文章中學到，而「真的好」就不可學；沒有這樣的人了，所以也就沒有這樣的文了罷。

一九九五年九月六日

關於「周氏兄弟」

「周氏兄弟」已經成了一個專有名詞，特指周樹人（魯迅）與周作人。說來天下姓周的兄弟該有不少，難得用上這個稱呼；紹興這家兄弟不止兩位，別人也無法闌入。這麼說彷彿不大講理，但是的確如此。「周氏兄弟」的說法，最早還是由他們自己提出。一九〇九年三月《域外小說集》第一集出版，即署名「會稽周氏兄弟纂譯」。當然這多半只是陳述事實而已。不過序言稱：「異域文術新宗，自此始入華土。」可以認為是這本書的特色所在，亦未始不可看做譯者的一種姿態。後來他們對中國文化的獨特貢獻，至少有一方面是在這裏。

代表「文術新宗」的周氏兄弟未免登場太早，「華土」一時不能消受；他們之引起普遍注目，還要等上八九年以後。屆時二人皆已在文化中心北京；蔡元培出掌北大，陳獨秀主編《新青年》，為他們提供了充分的舞臺。似乎「周氏兄弟」一說很快就在一個圈子裏流行了。一九一八年三月十五日《新青年》四卷三號發表劉半農〈除夕〉一詩，有云：

> 主人周氏兄弟，與我談天，——
> 欲招繆撒，欲造「蒲鞭」，
> 說今年已盡，這等事，待來年。

劉氏自注：「(一)繆撒，拉丁文作"Musa"，希臘『九藝女神之一』，掌文藝美術者也。(二)『蒲鞭』一欄，日本雜誌中有之，蓋與『介紹新刊』對待，用消極法督促編譯界之進步者。余與周氏兄弟（豫才，啟明）均有在《新青年》增設此欄之意，惟一時恐有窒礙，未易實行耳。」錢玄同是周氏兄弟特別是魯迅投身新文學運動的有力促進者，多年之後說：「我認為周氏兄弟的思想，是國內數一數二的，所以竭力慫恿他們給《新青年》寫文章。」（〈我對於周豫才君之追憶與略評〉）胡適一九二二年八月十一日日記也寫道：「周氏兄弟最可愛，他們的天才都很高。豫才兼有鑑賞力與創造力，而啟明的鑑賞力雖佳，創作較少。」

這些人不約而同地談到「周氏兄弟」，顯然首先是將他們看做一個整體；這裏「周氏兄弟」這一概念，涵蓋了二人在思想、才具和文學活動上的某些共性。雖然他們實際上各有所長，魯迅之於小說創作，周作人之於文學翻譯、文學理論、新詩創作和散文創作，分別代表當時的最高水平。但是這都可以看做是「周氏兄弟」這一整體所取得的成就。而且二人的文學活動一時原本不能截然分開，周作人那「中國新詩的第一首傑作」的〈小河〉，曾經魯迅修改；魯迅為《域外小說集》新版作序，署名周作人；周作人的幾篇雜感，後來也收入魯迅的集子《熱風》。

「周氏兄弟」作為一個文化概念，幾乎與整個二十世紀二十年代相始終。其實二人間的親情，在一九二三年七月即告斷絕，世上從此已無周氏兄弟。然而恰恰是在其後一段時期，「周氏兄弟」被他們的同志，尤其是被論戰的對手一再相提並論，如陳源說：「先生兄弟兩位捏造的事實、傳布的『流言』，本來已經說不勝說，多一個少一個也不打緊，……」（〈閒話的閒話之閒話引出來的幾封信．西瀅致豈明〉）後來馮乃超攻擊魯迅，也說：「無聊賴地跟他弟弟說幾句人道主義的美麗的說話。」（〈藝術與社會生活〉）從而賦予了「周氏兄弟」以超越於實際意義之上的文化意義。「周氏兄弟」已經成為二十世紀中國思想史和文學史上最重要的文化現象之一。

在「周氏兄弟」成為一個純粹的文化概念的過程中，一本二人均積極參與的雜誌《語絲》起了重要作用。《語絲》前一百五十六期，周作人事實上負全責，而魯迅為主要撰稿人之一；雜誌在北京被禁，移至上海再辦，由魯迅主持，周作人發表文章仍然不少。他們在各自開墾自己的園地（魯迅是《野草》，周作人是〈茶話〉等）的同時，經常共同出擊，或彼此呼應。及至魯迅編完《語絲》第四卷後，交卸編輯職務，情況發生了重大變化。從此二人很少在同一場合發言，「周氏兄弟」失去了共同語境。

另一方面，他們的立場和態度也有所變化。魯迅「進」到社會批判，周作人「退」為文化批判。然而魯迅的社會批判有文化批判做底子，周作人的文化批判也不無社會批判的象徵意義。三十年代，二人已經分屬左翼與自由主義這樣不同的文化陣營，時而互相不點名地以筆墨相譏。在當時人們的論說中他們很少再被一併提起，作為文化現象和文化概念的「周氏兄弟」其實已經不復存在。雖然對一般受眾來說，感受恐怕還要滯後一點。張中行有番回憶：「……於是轉而看所謂新文學著作，自然放不過周氏兄弟。一位長槍短劍，一位細雨和風，我都喜歡。」（〈再談苦雨齋〉）正是一個好例子。

然而天下事不可一概而論，二人之間亦未必處處針鋒相對。周作人為左翼批評家所批評的〈五十自壽詩〉，魯迅在私人通信（一九三四年）中曾予以辯護；周作人則至少有兩次在公開場合談及魯迅，一為《中國新文學的源流》（一九三二年），一為〈閒話日本文學〉（一九三四年），均無惡意。魯迅一九三六年去世，在某種意義上改變了斷絕多年的兄弟關係。周作人寫了〈關於魯迅〉和〈關於魯迅之二〉以為紀念。此後他在文章中不時提到「先兄豫才」（〈記太炎先生學梵文事〉，一九三六年）或「家樹人」（〈玄同紀念〉，一九三九年）。在〈苦口甘口〉（一九四三年）和〈兩個鬼的文章〉（一九四五年）中談及五四先驅，一次說「胡陳魯劉諸公」，一次說「陳獨秀錢玄同魯迅諸人」。而他之記述魯迅前期生活和揭示魯迅作品原型，亦始於〈關於范愛農〉（一九三八年）和〈關於阿Q〉（一九三九年），後來則分別有《魯迅的故家》（一九五三年）和《魯迅小說裏的人物》（一九五四年）兩本書面世。這是一點題外話了。

八十年代以後，周作人著作重行出版，魯迅著作則長盛不衰，「周氏兄弟」逐漸又被論家和讀者提起。現在使用這一文化概念，實際上既不同於五四前後，又不同於二十年代；並不單單針對他們的某一時期，亦不限於散文創作而是首先作為一個整體對二人全部文學和思想上的建樹加以把握，在此前提下再來考慮到具體的異同。曹聚仁也講過類似的意思：「周氏兄弟，在若干方面，其相同之點，還比相異性顯著得多。」（《文壇五十年》）「周氏兄弟」一語至少有三個意義：一，他們取得二十世紀中國文學的最高成就，代表二十世紀中國文學的主要方向；二，他們堅持對中國傳統文化的批判態度；三，他們擁有世界文明的廣闊視野。「周氏兄弟」在某種程度上甚至可以作為二十世紀中國文學的代名詞。歷史上有過「曹氏父子」、「建安七子」、「竹林七賢」、「李杜」、「元白」、「唐宋八大家」、「前後七子」、「公安派」、「竟陵派」等等說法；作為某一文學巔峰時代最主要的代表，大約只有「李杜」與之具有同等份量。我不知道新版《辭海》有無「周氏兄弟」的條目，如果沒有，恐怕應該添上罷。

二〇〇〇年八月一日

周作人與《太陽の季節》

年初買到一本香港出版的《周作人晚年書信》，乃是鮑耀明將周作人與他的來往信件，配合周氏日記的有關部分編輯而成。此一體例，較之從前讀過的《周曹通信集》和《周作人晚年手札一百封》要嚴謹得多。說來周氏這一時期的思想、生活及讀書情況，我們瞭解得最少，此書可以提供不少幫助。這裏且拈出一個小小的例子。一九六〇年十二月二十日他給鮑氏寫信說：

前此乞賜寄精神之食糧，茲又有請求，知有寫太陽族之小說，乞為在香港書店一找，無須往東京去注文，書名為《太陽の季節》，著者石原慎太郎，新潮社出版，或在其文庫內。

按中篇小說《太陽の季節》一九五五年發表，曾獲芥川文學獎，乃是日本戰後轟動一時的作品。此信發出後八天，鮑氏復信說：

石原慎太郎著《太陽の季節》，今天已將手邊一本付郵。

當時老人似乎對閱讀此書頗感嚮往，在轉年一月三日信中又說：

食物通關雖不易，但尚能通過幾個，書物反似沒有這樣容易，獅子文六尚在浮沉中，不知《太陽の季節》能運氣較好否也。

直到一月六日日記中始有記載：

得鮑耀明寄《太陽の季節》一冊。

書一收著他顯然是隨即就讀，然而結果卻很失望。一月九日給鮑氏寫信說：

《太陽の季節》已到來了，看了一遍，雖然「太陽族」的思想感情，得以約略瞭解，

> 唯其「競技」的背景，覺得極為遠隔，今仍將原書奉趙，請賜查收為荷。

同日日記中也說：

> 得鮑耀明四日信，下午寄復信，並寄還《太陽の季節》一冊，因說拳鬥事殊無興趣也。

一月十七日給鮑氏寫信，仍談及此事：

> 前寄還《太陽の季節》想已收到，生平與競技無緣，故於此不感興趣，雖然於太陽族的胡鬧的意思尚能瞭解。

《太陽の季節》多年後有中譯本，收在《外國現代派作品選》裏。我初讀周鮑通信，覺得周氏有興致要讀這書實在有點奇怪，及至看到那個結局反倒在意料之中。我想他之不能接受《太陽の季節》，或許是有著比對「競技」即「拳鬥」缺乏興趣更深一層的原因。記得廢名四十年代末在《莫須有先生坐飛機以後》中談到周作人時說：「老年人都已有其事業，不能再變化的，」這裏原不含褒貶，只是知人之言而已。說來周作人之為周作人，從思想和文學兩方面考慮，大約到了抗戰結束寫〈過去的工作〉、〈兩個鬼的文章〉等文章時已經完成。此後雖然還有一個文學創作和翻譯上的晚期，有幾百萬字的著譯面世，但是如廢名所說的他的「事業」，則不再有大的變動。終其一生，總歸不超出人道主義即他所謂「個人主義的人間本位主義」的範圍：一切從人的意識出發，這個人既是獨立的個人，同時又是「人間」的人，所以他是以承認社會（從「人間」這個意義上去理解）的存在為前提的。而《太陽の季節》則如松原新一等所著《戰後日本文學史・年表》說的：「石原慎太郎描寫了所謂『無目標社會』的青年的熱情，就是說，失去了目標的『單純的熱情』。」「太陽族」（指小說的主人公那類「行為不檢點的青年」）根本就是反社會（也該從「人間」這個意義上去理解，無所謂反對的是什麼性質的社會）的。這與周作人的思想正處在完全相反的方向上。

《太陽の季節》被稱作「純戰後派作家首次發表自己見解的作品」，當初獲芥川獎時，日本文壇很有一番爭論。老一輩的作家如宇野浩二、佐藤春夫和丹羽文雄等都表示反對。宇野、佐藤與周作人差不多是同輩的人，從日本文學史上看他們與下一代作家的區別，似乎正落在傳統文學與現代文學的分野之上。這是很有意思的事情。一九六五年八月七日周作人在給鮑耀明的信中說：

我對於明治時代文學者佩服夏目漱石與森鷗外，大正以下則有谷崎君與永井荷風，今已全變為古人了，至於現代文學因為看不到，所以不知道，其實恐怕看了也不懂的也。

這裏「不懂」一語似乎應該以他談及石原那書時所說的「極為遠隔」和「殊無興趣」來理解，實在也還是時代不同使然罷。

一九九八年十月十七日

關於徐志摩

徐志摩罹難後，報刊上登出不少悼念文章。大家更多談論的不是他的作品，而是這個人。或許認定作品價值自在，必當傳諸後世；希望保留一點音容笑貌，這是後人領略不了的。當然也不無辯解之意，蓋徐氏生前，在情感生活等方面所受非難甚多。例如葉公超在〈新月拾舊——憶徐志摩二三事〉中說：「我曾經與魯迅見過一次面，吃了一次飯，魯迅就罵徐志摩是『流氓』，不談文學。」多年以後，沈從文為商務印書館香港分館出版的《徐志摩文集》作序，依然強調：「我要說的是他的為人。」目的還是「以正視聽」。不過畢竟人以文傳，不違古往今來一切作家的例。從徐志摩的詩文中，我們所獲得的關於作者的印象，其實正與多數前輩所說相合，難得有這麼一個真摯、熱烈的性情中人。當然有時候性情好到忘乎所以了，譬如他說「我不僅會聽有音的樂，我也會聽無音的樂（其實也有音就是你聽不見）。我直認我是一個甘脆的Mystic」和「你聽不著就該怨你自己的耳輪太笨，或是皮粗」（〈死屍前記〉），旁人予以打擊也在所難免。故魯迅在〈「音樂」？〉中大加嘲諷，劉半農也寫了〈徐志摩先生的耳朵〉，挖苦得更厲害。我們體會這是詩人氣質使然也就是了，問題只在他要表現給公眾看。詩人的可愛之處往往就是可笑之處，反之亦然。魯迅和劉半農也是詩人，但他們「行乎當行，止乎當止」。

徐志摩這個人作為話題，時至今日仍被人們津津樂道。受眾的興趣沒必要也不可能強行劃一，但是對構成受眾之一部分的讀者來說，真正有意義的畢竟是作品。斯人已矣，我們不如看他的書罷。

據我所知，徐志摩至少給予中國新詩的作者與讀者兩次十分重要的影響。第一次是在他生前，依廢名《談新詩》之見，影響未必是正面的，魯迅也曾講「我更不喜歡徐志摩那樣的詩」（《集外集．序言》）；但是這並不說明就不重要。第二次是在二十多年前，有部《徐志摩詩集》面世，讓大家耳目一新；徐氏詩作，路數原本較窄，這回竟然起到一個開闊視野的作用。當時無拘年輕的朦朧詩人，還是回歸詩壇的中老年作者，局面都還明顯有所限制，誰也不敢（或者是根本沒想到）像他這麼真切地描述一己之情感，而且以美為終極目的。有句流行的話，叫「抒情詩中必須有我」，大概讀了徐志摩的詩，這句話才落到實處。前面說耳目一新，其實不如說恍然大悟，更為恰當。經過這番催動，至少不必非得像以往那樣虛張聲勢與一本正經了。當時此後，詩人們提到徐志摩，好像並沒有多少好話，甚至有些不屑似的；然而若沒有徐志摩（以及戴望舒、何其芳等）被重新發現，中國新詩只怕是發展不到今天的地步。他們的這個貢獻（雖然與其本人並無關係）說得上是歷史性的。

要想指出徐志摩詩作的缺點非常容易。已經說了，比較窄；另外也比較淺。好有一比是宋詞中的柳永，而徐詩之流布廣遠，亦有如「凡有井水飲處，即能歌柳詞」。詩人也曾嘗試拓寬自己的路數，但是未見成功。〈叫化活該〉、〈盧山石工歌〉，以及〈秋蟲〉、〈西窗〉，甚至遠遠不如〈別擰我，疼〉。有些被人念得太過順嘴的作品，如〈沙揚娜拉〉，就像唐詩裏的「床前明月光」和「更上一層樓」，簡直成了濫調。這也證明徐詩有魅力，雖然魅力並不等同於影響。魅力在真與美，都達到了極致。徐詩的缺點像它的魅力一樣是明擺著的，缺點人們瞧不上眼，魅力人們學不到手。所以他的影響只在前述破除禁忌這一點上，幾乎沒有人傻瓜似的模仿他。徐志摩的「我」喚醒了各種各種的「我」，當然有比他深刻的，但是很遺憾卻未必有比他更具魅力的。

徐志摩多方面的才能令人羨慕。所作小說集《輪盤》，有一兩篇奇異的意識流作品。還有論文、翻譯和劇作。他和陸小曼合作的《卞昆岡》，不知道是否上演過。幾乎與詩並駕齊驅的是散文。徐志摩生前，已有人提出其散文成就在詩之上，不過他本人並不認同（葉公超〈志摩的風趣〉）；死後，又有人說「散文方面志摩的成就也並不小」（周作人〈志摩紀念〉）。以我個人的口味，不大喜歡這一路文章，嫌它太過鋪陳夸飾，也就是「濃得化不開」，作者還是拿寫詩的心思來寫散文。但是不能不佩服他駕馭語言的高超能力。附帶說一句，這種能力是為此前和此後大多數詩人所望塵莫及的。

二〇〇〇年五月四日

廢名的散文

《藥堂雜文・懷廢名》說：

廢名的文藝的活動大抵可以分幾個段落來說。甲是《努力周報》時代，其成績可以《竹林的故事》為代表。乙是《語絲》時代，以《橋》為代表。丙是《駱駝草》時代，以《莫須有先生傳》為代表。以上都是小說。丁是《人間世》時代，以〈讀「論語」〉這一類文章為主。戊是《明珠》時代，所作都是短文。……在這一時期我覺得他的思想最是圓滿，只可惜不曾更多所述著，這以後似乎更轉入神秘不可解的一路去了。

這番話概述廢名的創作生涯最得要領。值得注意的是把廢名的散文創作劃為一個獨立的時期，而大家往往對此都忽略了。當然廢名著名之處乃在小說，可是如果談論他只限定在小說範圍，未免就有些顧此失彼。就其全部創作而言，散文正如這裏所說是占著承先啟後的位置。沒有這批散文，先前寫《橋》和《莫須有先生傳》的文學家廢名與後來寫《阿賴耶識論》的哲學家廢名就接不上榫子。無論在文學史上，還是在思想史上，他都是一個整體。周作人從前為廢名「包寫序文」，關於小說講得很詳明，最後這篇〈懷廢名〉卻把重點放在其散文上，這樣也就周全了。

周氏論及《世界日報・明珠》所載廢名之作，說「裏面頗有些好意思好文章」，廢名寫散文雖然起手很早，但是我們也承認直到《人間世》和《明珠》時代才最純熟，成為他的小說創作之外的一種獨立存在。廢名自己在〈關於派別〉中討論散文與詩的區別時說：

> 近人有以「隔」與「不隔」定詩之佳與不佳，此言論詩大約很有道理，若在散文恐不如此，散文之極致大約便是「隔」，這是一個自然的結果，學不到的，到此已不是一般文章的意義，人又烏從而有心去學乎？

近來我覺得文章之道全在乎作者的態度，其實也就是廢名講的這番意思。即以廢名自己的創作為例，此前他多寫小說，他寫小說有如寫詩一樣，是講究意境的，這在《橋》最為登峰造極。意境一定是「不隔」，因為須得把物我的界限徹底打破，才能體會境界，感受詩意，作者乃置身於此境界之中。形容意境最好的話就是「天人合一」。他寫散文則是講道理的，當然只有置之度外才能講得透徹。詩總是由「我」這一點擴大，而散文首先要把「我」放到「無我」的地步。廢名的早期散文，多少還有點兒要表現「我」的味道，那篇〈說夢〉可以作為代表，如果拿來和〈關於派別〉等比較，區別就看出來了。這個關於散文之「隔」的話，用來說苦雨翁，或者說廢名自己，都是最恰當不過的。

廢名一向被列為「苦雨齋四弟子」之一。四弟子者，我們知道有俞平伯、廢名和沈啟無，另一位大概是江紹原。就中以散文名世的僅俞平伯一家，但是周俞風格迥異，俞氏寫的主要還是抒情之作，也就是上述之「不隔」者，所以不大看得出傳承。廢名作品流傳較廣的多為小說。如此則師父與其幾位學生，似乎只在精神上發生共鳴。我們讀過廢名散文，發現原來真傳是在這裏。雖然兩氏一生投緣，但是到了廢名的散文時代，他們在創作上才最為接近。之前廢名寫小說，周氏只居欣賞和支持的地位，之後則對他的哲學表示「神秘不可解」。講到現代散文，紹興周氏兄弟是為兩大宗師，別人都可歸在他們的譜系裏，而知堂一派中廢名最不容忽視。

比較起來，廢名散文局面不及知堂之大，份量也沒有知堂之重，但是他的特色亦自鮮明得很。後來他寫〈黃梅初級中學同學錄序三篇〉，有幾句總括的話：

從此自己能作文，識道理，中國聖人有孔子，中國文章有六朝以前，……

這可以說是屬於他自家的路數，與周氏雖有重疊，同時也有區別。後者首先是思想家，然後才是文學家，他則是個很純粹的文學家。不是說廢名在思想上沒有見地，〈懷廢名〉中特別指出：「這些話雖然說的太簡單，但意思極正確，是經過好多經驗思索而得的，裏邊有其顛撲不破的地方。」但這方面他更多得益於乃師教誨，其特別興趣卻是關乎文學創作若干問題。即便是讀《論語》，也總好像存著一份文人之心。周氏概括自己幾十年間的興趣，說是由文學轉向了文化與思想，於是他們也就各自有所側重。這方面廢名的獨到之見甚多，尤其是對古典詩詞的理解，每有他人所不能及之處。如果結合他的專著《談新詩》一併來看，這個特點就更突出。可惜當年他別的講義都亡失了。

周作人在《永日集・「棗知草」跋》裏談到理想的白話散文時說，「必須有澀味與簡單味」。最好的例子當然是他自己的文章，而宗他的一派亦莫不循此路徑。至於廢名散文，相比之下澀味的比重較多增加。這當然與其推崇六朝以前文章有關。此外周氏曾以明之竟陵形容廢名，說的本是他的小說，他的散文多少也有這種傾向，恰巧林語堂曾將為師那位比作公安，這麼一來此種區別就更加明瞭。但是這只是說文章中兩種味的消長有些差異，彼此原本沒有歷史上兩派間那種特定關係。勉強形容，知堂可謂「生而知之」，廢名可謂「學而知之」，但是他几自學得好。廢名在〈知堂先生〉中講周氏「作文向來不打稿子，一遍寫起來了，看一看有錯字沒有，便不再看，算是完卷」，我們讀其文章，最突出的感覺正在自然二字。而廢名則顯然逐字逐句都經過一番推敲工夫。他對字面可能就更加用心，要在句式上造成一點曲折意味。此外周氏更多理性色彩，而廢名受禪宗影響很大，思路往往有跳躍和閃現的地方，如同公案裏的機鋒，也是造成他的澀味的一個原因。

一九三五年周作人編《中國新文學大系・散文一集》，從廢名的小說《橋》中選取六節，所寫導言有云：「廢名所作本來是小說，但是我看這可以當小品散文讀，不，不但是可以，或者這樣更覺得有意味亦未可知。」這一舉措影響很大。其實該書內容限定在新文學運動開頭十年，如前所述，此時廢名散文尚屬草創；另外這也是周氏對小說的一貫認識使然。然而沒承想遂開了以廢名小說頂替其散文的先例。後來雖然也出過他的「散文選集」，所選卻多為小說。嚴格說來，廢名散文迄今尚不曾專門收集過。結果作為散文家的廢名及其傑作也就難得讀者的重視，說來真是遺憾。

一九九九年七月二十五日

阿賴耶識論

最近有幸讀到廢名所著《阿賴耶識論》的手稿——雖然還僅僅是手稿而未印成書，但是廢名不是可以埋沒的人，這書也不是可以埋沒的書，於是乎我也就放下一顆心了，說實話多少年來我一直以為這稿子已經遺失，我想那麼廢名的一生豈不是殘缺了不成，我一直替他暗自惋惜。這下好了，至於經不經我手出版都沒有關係，我倒樂得將來再當一回讀者。關於廢名，文學史家怎麼估量是另一回事，或者乾脆說真實如何是另一回事也可以，至少在他自己看來，寫這《阿賴耶識論》是他最大的事業所在，所以說這是（也許僅僅是他自以為是）他的代表作也無不可。總之他多少年的思索是歸結於此。知堂翁在〈懷廢名〉裏說他「這以後似乎更轉入神秘不可解的一路去了」，這便是那個結果。全書分為十章，一九四五年秋在湖北黃梅寫完，又有一篇序，兩年後寫於北平，總共約有四萬六千字。我寫此文本想把它介紹一下子，或許順便再批評幾句，但是我覺得要說的話大概也就只有這麼幾句，倒不是賣關子，因為想起廢名最後那本小說《莫須有先生坐飛機以後》的末了一章〈莫須有先生動手著論〉乃是專門講怎麼寫這本書的（其實對整部《坐飛機以後》都可以這麼看）：

民國三十一年春，熊（十力）翁從重慶寄來新出版的《新唯識論》語體本，莫須有先生讀完了，乃大不以熊翁為然了。……莫須有先生乃忽然動了著書之念，同時便決定了所著書的名字，便是《阿賴耶識論》。即不著一字而此一部書已是完成的，因為道理在胸中已成熟了，是一個活的東西，是世界。然而要把它寫在紙上，或非易事，莫須有先生乃真像一個宗教徒祈禱，希望他的著作順利成功，那時自己便算是一個孝子了，對於佛教，也便是對於真理，盡了應盡的義務了。

他在那裏撮錄該書要點，講得很是清楚，大家可以參看，用不著我另費力氣。我把這稿子讀了一遍，又拿給麗華兄讀（她是學哲學的），她說：「廢名有一種過於執著而欠通脫的哲學態度。」我同意這個說法，覺得他是講理而不大講理，記得知堂翁對廢名之論道「不能贊一詞」，大概正與我們的意思相通。但是我從另一方面看出這書的好處，而且因此我對廢名（截止於一九四九年前，之後的他我就沒有興趣了）的整個認識都打成一片了，我算是真的明白他了。說來這幾年間我悟得一個道理，叫做「史論皆文」，即是說我們要看好的散文，除了二周以降諸家之作外，還可以到二十至四十年代的文史方面的論著裏去找，把這些合起來看，會發現我們的白話散文堂堂正正走的一條正路，而且結實得很。廢名這書雖然是講他的哲學，但是也是一部很好的文學作品。隨便摘引一段就明白他寫的是多麼美的文章了：

我們感受痛苦，我們有所造作，我們眼見色耳聞聲，作此想作彼想，佛書上別為色受想行識五蘊，色受想行識可以承認有其事，不可以色受想行識而執著有我。以受為「我」受，作為「我」作，見為「我」見，曉得為「我」曉得，那是慣習使然，猶如我們站在溪上，看見水裏的影子，以為有一個人影，不知這個影子的認識是慣習使然，慣習的勢力甚大，故雖智者亦難免有此靜影之見，然而汝非下愚不難知道流水裏無此立著的人影也。

方才我說不管別人看法如何；現在我又要說不管廢名自己看法如何，反正我覺得這畢竟是他文學上的成就。縱觀廢名整個的文學創作史，向來我們拿兩本書做代表，一是《橋》，一是《莫須有先生傳》，這正是廢名之為廢名的兩個方面，乃是缺一不可，旗鼓相當，後來的評論家抑後者而揚前者，那是不能懂得廢名。《橋》以前那些短篇，即《竹林的故事》、《桃園》和《棗》裏所收，大多是以情趣勝，這到《橋》是最為圓滿。情趣的極致其實就是意境。《莫須有先生傳》則另闢蹊徑，我們不妨形容之為理趣，亦即禪宗所謂機鋒，用現在的話說就是有美感的思想，這又包括兩層意思，一是思想本身，一是對思想的表述，也可以說是詩化的思想和思想的詩化罷。廢名後來發表在《世界日報・明珠》等報刊上的隨筆我是最佩服的，說來其特色也在於此，而《阿賴耶識論》的特色也在於此，這裏我們感到作者對他所闡釋的思想時時有一種美學意義上的愉悅，他也總是以極大的愉悅來闡釋——把這書加上，於是可知廢名始終抱著的是個審美的態度，我們因此說他是禪家也行，說他是詩人也行。

至於後來廢名又寫《莫須有先生坐飛機以後》，好像情趣理趣都不講了，他只是敘述事實，所以我說他是要一講他如何寫《阿賴耶識論》的，好比回過頭來給它作一個長長的引子。說到這裏忽然對《坐飛機以後》有個想法，或者說是孤證，就是向來都說這書沒有寫完，因為連載它的《文學雜誌》中斷而中斷，我這回又重看它的結尾：「以上都是講道理，其實不應該講道理，應該講修行。莫須有先生尚是食肉獸，有何修行之可言，只是他從二十四年以來習靜坐，從此他一天一天地懂得道理了。」所講的「道理」即是《阿賴耶識論》，已經如他所願完滿地著出來了，他還有什麼要說的呢，我看這書不完也是完了。

一九九八年九月二十四日

散文家浦江清

其實從一種看法來說，浦江清根本沒有寫過散文。他的著作一共出版過三本，兩本是文史方面的論文集，一本是日記，沒有一篇是通常見到的那種散文。但是不妨在這裏申明另一種看法：咱們關於散文的概念未免也太偏狹了。文學散文應該是一個範圍之內的文體，介乎散文詩與非文學的論文之間，依次（從最接近於詩的一端說起）包括抒情散文、敘事散文、隨筆和具有文學色彩的論文即美文在內。浦江清的論文中就有許多屬於美文。而我反思這些年來讀散文的真正興趣所在，越來越心嚮往之的還是這種美文，雖然很遺憾自己沒有那個學問去寫。廢名在《莫須有先生坐飛機以後》裏批評韓愈是只有腔調，沒有材料，把美文堂堂正正看作散文最可以消除這種流弊。我自己一向談論作文愛用「結實」這詞，我最喜歡美文就在於它的結實，有內容，有份量，又兼具文章之美。所以從這樣的想頭出發，浦江清乃是我心目中最好的散文家之一，雖然現成的文學史或散文史上並不曾提到他；如果叫我來精選一本二十世紀中國散文選，《浦江清文錄》以及《浦江清文史雜文集》中也當有篇章編入。當然這也不限於他一人，對顧頡剛、周叔迦、聞一多、李健吾等我都是這般看法。

美文是具有文學色彩的論文，這裏面會有一個問題，就是關於文學色彩是怎麼看法。說浦江清寫的乃是美文，正是在這方面有點兒困難，因為不像顧隨、俞平伯那樣一眼就能看得出來。他們是學者，又是文人，而且文人的份量更重些，浦江清則地地道道只是學者。看出他的文章的好不容易，看出好而要把好說出來就更不容易了。「文學」並不是明擺著的，只是對於學術的表達，但是文字功夫特別強，準確，精煉，一字一句都恰到好處，沒有哪一筆是最突出的，但少了哪一筆都不行，是一種整體的、勻稱的好。這些於我們寫文章似乎都是最基本的，而最基本的也就是最難的。不過要說這就是「具有文學色彩的」未免會叫人不大服氣；我們細細體會，他的字裏行間總有一種潤澤。隨便從〈評陸侃如、馮沅君的「中國詩史」〉（收入《浦江清文史雜文集》）中抄一節看看：

名為「詩史」，何以敘述到詞和曲呢?原來陸、馮兩先生所用的這個「詩」字，顯然不是個中國字，而是西洋poetry這一個字的對譯。我們中國有「詩」、「賦」、「詞」、「曲」那些不同的玩意兒，而在西洋卻囫圇地只有poetry一個字；這個字實在很難譯，說它是「韻文」罷，說「拜倫的韻文」，「雪萊的韻文」，似乎不甚順口，而且西洋詩倒有一半是無韻的，「韻」，曾經被彌爾頓罵做野蠻時期的東西。沒有法子，只能用「詩」或「詩歌」去譯它。無意識地，我們便擴大了「詩」的概念。所以滲透了印度歐羅巴系思想的現代學者，就是討論中國的文學，覺得非把「詩」、「賦」、「詞」、「曲」一起都打通了，不很舒服。

給我們的感覺不是一條、一條的，而是一團，一片，他的意思構成活生生的那麼一種氣氛；潤澤不靠文字的添加而達到，我們不能不讚許他功夫深了。浦江清不是文人，但實在只有第一流的文人才能寫得這樣好。據施蟄存為《浦江清文史雜文集》寫的序言中說，他曾批評浦氏「太懶於寫文章，太勤於吹笛子、唱崑曲」，浦氏回答：「寫文章傷精神，吹笛子、唱崑曲，可以怡情養性。」讀他的文章，覺得他於他的學問是入之以「傷精神」，而出之以「怡情養性」：一生正經寫的文章不過十來篇，但看得出都是非寫不可的；他治學嚴謹，對所寫的東西太熟稔了，所以他才能隨意處置，布局行文都有一種難得的從容。美文在一切文章中是最難的，因為「論」中運轉的是理性，而「文學」就本質而言是感性的，美文可以說是一種審美地表現理性的文體，但是並非好比給理性穿一件文學的花衣裳那樣，而是從根本上它們就是融為一體的。我想其間發生著聯繫的乃是「趣味」這兩個字，也就是說，作者對於所研究的對象，對於他的觀點與材料，發生了審美意義上的興趣，這興趣帶動了作者的感性，他把理性的東西消化了。浦江清的文章正是好例子，他寫，是因為他太有興趣了，所以就由著他款款道來。比如〈八仙考〉（收入《浦江清文錄》）中這一節：

盧山金泉觀造仙跡，以鍾離授呂公天遁劍法於盧山。而在宋時，呂公自記遇鍾離於華山。如何說法？宋時石刻所以說華山者，因欲依附陳摶得希夷妙旨故。後來說鍾、呂之道出於東華帝君，不要陳摶了，因此也不必華山了。

雖然他並不渲染這興趣，一切都很克制，一切都潛伏在字裏行間，但畢竟隱約有所流露，其實這也就是我們所說的潤澤。此外他的文章中絕少有一己情感的抒發，他只是如一個學者那樣說他的學術；他太不想在文章中表現自己了，但他的文章又太是他自己的了。

一九九五年十月一日

滄州前後集

我讀文章口味多少有一點挑剔：一方面，沒有份量的不愛讀；另一方面，一本正經的也不愛讀。文章一定要做得好，但只是一味做文章卻不會好到哪兒去，也可以退一步想：記敘散文至少還有個事兒，隨筆至少還有個說法，所以一向就不大看得上抒情散文，說穿了很可能是什麼都沒有。這也是我越來越愛讀寫得好的論文的緣故，因為那裏面除文章之外還有實實在在的學問。這樣的話與隔教的朋友自然就說不上；遇見真懂得文章的好的人，近來我最喜歡提到的是孫楷第的《滄州集》和《滄州後集》。

孫楷第是大學問家，他的學問我不配談，但很想一談他的文章。他在〈再論「九歌」為漢歌詞——答許雨新〉中曾批評對方「不工為文，繁言碎詞，枝節橫生」，可見他是很重視「文」的。他文集中許多篇章於學問之外，我們還可以從文章的角度去細細欣賞。

比如〈關於「兒女英雄傳」〉中談到版本的一節：

此書出後，最初只有鈔本。今所見者，以清光緒四年戊寅北京聚珍堂活字本為最早，無圖，無評注。其次為清光緒六年庚辰聚珍堂活字本，無圖，有董恂評注。又次為清光緒十四年戊子上海蜚英館石印董評本，從庚辰本出，每回前附圖一頁兩面，亮光的墨色兒，精致的圖兒，可知好哩！這三個本子，都可算善本。董恂評此書在光緒六年庚辰，聚珍堂的戊寅本業已出版二年，但董所據的恐怕還是鈔本。此外凡附董評的，多半從蜚英館本出。如上海著易書局印本，正文和圖的樣子都和蜚英館本差不多。可是有一件，就怕比較，若拿蜚英館本一對，就知道差得遠了。又有申報館排印本，有掃葉山房排印本，皆無評，實是一本。掃葉山房本每回前多了縮印蜚英館本的圖。這兩個本子都不好，錯字很多。還有一個刻本，本文則復刻聚珍堂庚辰本，圖則翻刻蜚英館本，刀子劃的橫一道，豎一道，人物都分辨不出來。這本不值得說的，因為在《兒女英雄傳》的版本上是一件趣聞，所以附帶著當笑話兒說一說。總之，只有聚珍堂兩個活字本和蜚英館的石印本是好本子。其餘的，若照安老爺的說話，都是「自鄶而下無譏焉」的不地道貨兒，所以「君子不取也」。

我幾番考慮這節文字也許嫌太長，但還是抄在這兒了，因為實在是寫的漂亮。看他行文那麼容易，卻正是最不容易的地方。前引孫楷第批評許文的壞處，反過來說，就是孫文的好處。這裏雖然內容很多，但是不枝不蔓，有條有理；講的細致，甚至還使些閒筆，但是絲毫沒有繁和碎的感覺。閒筆自有閒筆的用處，哪一處也是不能省下的。說到底還是有真貨色，永遠拿得出手，由得他好好的說，而且怎麼說都行，他又著什麼急呢。真讓人覺得他是「如數家珍」——好像凡美文無一不給我這種感覺，我想這裏面是有一個特別的態度。記得胡蘭成在《今生今世》裏講張愛玲說他的論文這樣體系嚴密，不如解散的好，「驅使萬物如軍隊，原來不如讓萬物解甲歸田，一路有歡笑」。讀孫楷第的書我又想起這席話來，似乎可以拿來做個說明。他寫的雖是規規矩矩的論文，其中若論態度卻是隨筆的，核心就是這「解散」二字。我自己又曾說隨筆總是閒離的文體，意思亦與此相當。這個態度主要體現在作者與他的學問（包括材料）的關係上。總之搞學術、寫論文不板起一副面孔，也不端那個往往叫人生畏的架子。我們談論文章常說「性靈」，似乎這只是屬於隨筆的，其實有這個態度，寫什麼都有一份作者的真實性靈在，孫氏的論文正是一種性靈文字。而有學術做底子，又避免了一般閒適隨筆的毛病，有大品的份量，小品的味道。說來這在學術與文章兩方面都要求有真本事，但真的要是有這個本事，則一舉而兩得，而對於學術性是不會有絲毫降低的，孫楷第就是好例子。

但是光有這個態度也還不行，處處都得落實到文字上，這個恐怕只有更難，所以以上所說在很多人並做不到。而孫楷第這方面不僅是好功夫，他更有他的特色。他是專攻小說戲曲的，我覺得他寫論文於筆觸間頗受了些小說戲曲的影響——但是他自有一番揚棄，只得到那個好處，有股子別人所沒有的活泛勁兒，而不受它的流弊，這裏看出他化俗為雅的品味。孫氏為文風格暢達，清朗，脆生生的，叫我們想起作者乃滄州人士，所謂「燕趙多豪傑」，竟於文筆間亦有所見識。從前談過浦江清，他是松江人，拿他的滋潤筆調和孫楷第一比較，真覺得孫文如風，是北方的爽快的風；而浦文則有點像南方的綿綿細雨了。「文如其人」這話一向只愛從社會道德意義上去理解，其實未免是淺薄了點兒。而論文於學問之外還能用上這句話，這些前輩真是不得了。

一九九六年二月十七日

再看張

從前我寫過一篇〈看張〉，在那裏我形容張愛玲是「冷冷的成熟」，當時主要是針對浪漫主義那種受不了的假熱乎講的，就是現在我也認為我這看法不無是處。但這只是在一個維度上的「是」，而張愛玲及其作品無疑都是多維度的，所以不免還有些話要說。最近重讀一遍她的散文，字裏行間我感到張愛玲原來是很溫暖的——透過「冷冷的成熟」，那是一種「澤及萬世而不為仁」的溫暖。比方〈到底是上海人〉裏這樣的話：

誰都說上海人壞，可是壞得有分寸。上海人會奉承，會趨炎附勢，會混水裏摸魚，然而，因為他們有處世藝術，他們演得不過火。

過去我只由此看見她「透」，現在我想她是透得有人情味。人性的所有弱點她都看在眼裏，這是她的深刻之處；同時她知道人性的弱點如同優點一樣有局限性，所以一切總歸是能被諒解。她諒解正因為她深刻。張愛玲的確無情，但她是無情而至於有情。我們喜歡用「小奸小壞」來概括張愛玲筆下的人物，這句話也可以表述出她看待人的整個態度，真的是「奸」是「壞」，不過這些畢竟還是「小」的，這是世人可憐與不容易的地方。「壞得有分寸」，好像這是一種藝術，其實還是出乎不得已：他們在他們賴以生存的小小秩序裏小心翼翼、委曲無奈，然而又有幾分得意地活著。張愛玲常常被說成不脫俗，不脫市民氣，然而她只是在原宥這俗、原宥這市民氣而已；她理解人性的弱點，但絕不能說她就等於它們。她把根紮在最低處，從這裏長高，高到俯視人類的悲哀，卻並不高高在上，她與一切同在。寬容一般都是從認識層面上去把握，實際它更是一種感情，一種有節制的愛。張愛玲寬容人性的弱點，說到底她還是悲天憫人，還是愛人性的；她作品寫到芸芸眾生，嘲諷，刻薄，最後心還是軟了，這都是基於她的這種深藏著的愛。說起來愛與張愛玲好像有點兒風牛馬不相及，這是因為我們總是把愛看淺了，看局限了。明白有情之有情容易，明白無情之有情難；體會痛苦容易，體會憐憫難，所以我們就看不大出來。

但是如果僅僅如此，張愛玲也還不是張愛玲。她與一切同在，卻並不同於一切。張愛玲能體諒天下人的情感，這種體諒就是她的情感；而她的情感不限於體諒。在她的作品中我們常常看見她也有所感動，甚至落淚，但是讀的時候很容易就視而不見，因為她的感動與我們的不大一樣，是被幾乎完全不同的對象所感動。大家容易感動之處，比如兒女情長，乃至生老病死，她對此只是憐憫；她感動則在別人顧不上、達不到或不懂得（也許乾脆說就是麻木罷）的地方。比如：

坐在自行車後面的，十有八九是風姿楚楚的年輕女人，再不然就是兒童，可是前天我看見一個綠衣的郵差騎著車，載著一個小老太太，多半是他的母親吧？此情此景，感人至深。（〈道路以目〉）

不知道人家看了《空城計》是否也像我似的只想掉眼淚。為老軍們絕對信仰著的諸葛亮是古今中外罕見的一個完人。在這裏，他已經將鬍子忙白了。拋下臥龍岡的自在生涯出來幹大事，為了「先帝爺」一點知己之恩的回報，便捨命忘身地替阿斗爭天下，他也背地裏覺得不值得麼？鑼鼓喧天中，略有點淒寂的況味。（〈洋人看京劇

及其他〉）

不論是「老夫」是「老身」，是「孤王」是「哀家」，他們具有同一種的宇宙觀——多麼天真純潔的，光整的社會秩序：「文官執筆安天下，武將上馬定乾坤！」思之令人淚落。（〈論寫作〉）

張愛玲是這樣有著自己的一個獨特的情感世界，這個世界並不離開我們日常生活的細枝末節，但是有所超越，朝向那廣大而深邃的所在。胡蘭成曾引用她的話：「我是個自私的人。我在小處是不自私的，但在大處是非常的自私。」她說的「自私」其實也就是情感投入。她不在「小處」感動而在「大處」感動，大處都是從小處發現出來。有這份胸襟，難怪她能同情，能諒解，能寬容一切。或許我們可以說在人的種種情感之上還有著一個人類情感，它根植於前者又包容前者；張愛玲是被歷史、歲月、人類世世代代最根本的希望和無法逃避的命運所感動，這種感動無限滄桑。

一九九七年二月一日

反浪漫

關於張愛玲的話似乎也太多了——正因為如此，再多寫一篇也無妨；如果真說到了點子上的話。而我看歷來談論她小說的文章，包括第一篇差不多也是最著力的一篇——迅雨即傅雷所作〈論張愛玲的小說〉，也多少有些「誤讀」。張愛玲為此專門寫了反駁的〈自己的文章〉。現在重讀張氏的小說，再三斟酌，覺得還是她說的更有理一些。迄今為止分析張愛玲小說最深入精確的文章倒是張愛玲自己寫的。「當局者迷」好像是通例；但她這個人處處都是例外，這次也一樣。

傅雷最喜歡張愛玲的〈金鎖記〉，後來大家也都跟著這樣說。但是張愛玲卻說這是特別的一篇：「我的小說裏，除了〈金鎖記〉裏的曹七巧，全是些不徹底的人物。」二十多年後她把〈金鎖記〉改寫成〈怨女〉，主人公銀娣也成了「不徹底的人物」，她把這個特別給去掉了。我以為比起〈金鎖記〉來，〈傾城之戀〉更能體現張愛玲一點兒。傅雷批評這小說：「沒有悲劇的嚴肅、崇高，和宿命性；光暗的對照也不強烈」，「情欲沒有驚心動魄的表現」。其實這正是作者所追求的。我從前寫過一句話：「張愛玲與魯迅同是二十世紀中國最具現代意識的小說家。」這裏不妨來解釋一下，而這也正是我覺得傅雷看走了眼的地方。從根本上說，對於人生乃至社會、歷史是有著兩個完全相反方向上的認識；這個區別，即如張愛玲所說：

我發現弄文學的人向來是注重人生飛揚的一面，而忽視人生安穩的一面。其實，後者正是前者的底子。

我們可以說其一是浪漫的，其一則與此正相反。傅雷一言以蔽之是浪漫；而張愛玲（這一點上她繼承了魯迅）有個「一以貫之」的「道」，就是「反浪漫」。「沒有這底子，飛揚只能是浮沫。」所以「悲劇的嚴肅、崇高，和宿命性」等等都不過是浮沫而已。〈傾城之戀〉裏根本就沒有什麼「戀」，愛情在她看來也只是人生的一種華飾。她要的是最根本的也是最實在的東西，那就是小說中寫的：

在這動蕩的世界裏，錢財，地產，天長地久的一切，全不可靠了。靠得住的只有她腔子裏的這口氣，還有睡在她身邊的這個人。

如果在「張愛玲文學」裏還有一個「張愛玲哲學」的話，最基本的表述也就是這幾句。這從個人來說，是堅持活下去；從人與人之間來說，是相依為命。她的反浪漫的根子就紮在這兒。我們可以說她是悲觀的，但卻並不歸於虛無。她曾說：

「死生契闊，與子成說；執子之手，與子偕老」是一首悲哀的詩，然而它的人生態度又是何等肯定。

她是從肯定人生本身出發而否定賦予人生的一切積極意義，包括所謂「浪漫」在內。如果說傅雷想著人生只是理想的犧牲，人生之上的東西才最重要；張愛玲則認為人生之上沒有東西，理想總是華而不實，她把它從人生中剔除了去。去除了形而下裏的形而上，才是真正的形而上。而在常態下人生並不能擺脫這些附贅，所以「傾城」在這小說中就是必須的——只有在生死的境地人生才能返璞歸真。張愛玲筆下的人物最有作者自己影子的，大概就要數〈傾城之戀〉裏的白流蘇了。她的追求一開始就是那麼現實，沒有一絲浪漫色彩，而且到底不曾改變。她也是張愛玲筆下唯一一個有結局的人物。但這裏還是反浪漫的：她同樣不是英雄，她的目的的達到並非因為她的努力，而是因為「傾城」。「流蘇並不覺得她在歷史上的地位有什麼微妙之點。」這個結局其實仍然沒有給我們帶來什麼希望。

在文學裏無論浪漫或者反浪漫都有兩個意思：一是對人生等等的認識，一是如何把這種認識表現出來。認識與其表現從根本上說是有一致性的。這也就是張愛玲說的「壯烈」、「悲壯」與「蒼涼」的區別，「刺激性」與「啟發性」的區別。傅雷所喜歡的「強烈的光暗對照」、「驚心動魄的表現」等與浪漫精神實際上是在一個方向上，即便你拿這手法寫反浪漫的內容，骨子裏也還是有些浪漫的。我想張愛玲後來正是因為這個才把〈金鎖記〉改寫為〈怨女〉，所有激烈的東西都被抹平了，用的是她說過的「參差的對照的手法」。這才與反浪漫的意思真正協調起來。張愛玲最被大家留心的作品寫在一九四三年至四五年之間，不到兩年裏她走了別人差不多一生走的路，這期間她有她的發展完善過程。一九四四年《傳奇》出版，內收從〈沈香屑：第一爐香〉到〈花凋〉這十篇，關於這本書，張愛玲說人家喜歡〈金鎖記〉和〈傾城之戀〉，她自己最喜歡的倒是〈年青的時候〉。譚正璧談到〈年青的時候〉，說「比較地鬆弛」。「鬆弛」，從結構上說是趨於散，從意象上說是趨於簡。兩年後《傳奇增訂本》增加了〈鴻鸞禧〉等五篇，〈年青的時候〉這個特點都明顯表現出來。我覺得張愛玲的「蒼涼」和「參差的對照的手法」這以後才運用得最成熟，她才徹底說得上是反浪漫的。如果一定要舉出她的代表作來，那大概要算寫於這時的〈紅玫瑰與白玫瑰〉了。而從這方面看，〈傾城之戀〉到底還是早期作品，它的結尾原本是無意義的，或者如作者所說「仍舊是庸俗」的，但小說整個的表現方面（傳奇的結構、繁密的意象……）卻賦予了它一種意義，讀者總還是想要打這兒找出一點浪漫或希望來，所以就連夏志清都稱這小說為喜劇。我想這是作者始料不及的。其實白流蘇與范柳原終於締結的婚姻不過就是後來〈鴻鸞禧〉裏描寫的沒有一點幸福味道的「禧」，而他們夫妻之間的「情」也只是〈留情〉裏刻畫的無情罷了。

一九九六年一月二十六日

日本文學與我

說來我喜歡日本文學作品已有多年，平日與朋友聊天，卻很少得到認同。讀書各有口味，本來無須統一，但是這裏或許有個讀法問題。前些時我在一篇文章裏說，日本的全部文學作品，其實都是隨筆與俳句；進一步說，日本的隨筆也是俳句。日本文學之所以成立，正在於對瞬間與細微之處近乎極致的感受體會。若是以框架布局等求之，則很難得其要領。這樣的話當然沒有什麼理論依據，但是我的確由此讀出一點好處，而這恰恰就是朋友瞧不上眼的地方。我覺得倒也有意思，不妨略微多說幾句。但並不是要辯解什麼，日本文學到底有沒有好處，又何須乎我來辯解呢。所以不提好處，說是特點罷。所謂讀法問題，即是因此而起的。

譬如小說，我們通常習慣的閱讀，總是在情節這一層面進行的；而最具特色的日本小說，並不以情節為基礎，卻是在細節的層面展開。它們首先是細節的序列而不是情節的序列。我們讀來，恐怕一方面覺得缺乏事件，另一方面又過分瑣碎。另外我們閱讀除想得到情節上的愉悅外，往往還希望有情感上的滿足，日本小說雖然情感意味極重，卻與我們所謂情感是兩碼事：它不是發生在情節之中，而是先於情節存在的，是作品的一種況味或基調。這些全寄託於細節，卻又不強調細節的奇異，而是對本來很普通的東西予以獨特地理解。人物之間，作家與讀者之間對此的認同，又是彼此有所默契，有所意會，並不需要特別著之字面。我們讀來，恐怕一方面覺得過分瑣碎，另一方面又平淡乏味。所以雖然都頂著小說的名目，卻不宜拿尋常看歐美小說的眼光去看它。

我這看法，或許日本作家自己就不同意。因為日本現代文學興起，止是受了俄羅斯和歐洲文學很大影響；而成功的作家，也往往聲明自己從日本以外得到師承。不用提早期的紅、露、逍、鷗了，島崎藤村、夏目漱石、芥川龍之介和谷崎潤一郎等，都是如此；就連川端康成，也說過「可以把表現主義稱做我們之父，把達達主義稱做我們之母」。但是外來影響最終不過是引發他們對本國文化傳統的某一方面加以繼承和發揚而已。靈魂永遠是日本自己的。一千年前紫式部的長篇小說《源氏物語》和清少納言的隨筆集《枕草子》，始終是奠定日本文學總的追求和方向的作品。而雖然前者算小說，後者算隨筆，在我看來，它們的相同之處要遠遠大於相異之處。日本的小說讀來有如隨筆，而日本的隨筆若與歐美的隨筆比較，更像是胡亂寫的，一般所謂章法脈絡他們不大理會。總之，我們看做不得了的，日本人似乎很少顧及；我們輕易放過的，他們卻細細加以體會。這裏附帶說一句，一般論家談及日本文學，總喜歡貼上現成的標籤，譬如說誰是浪漫主義，誰是現實主義，誰是自然主義，誰又是唯美主義，這多半因為日本作家自己也搞這一套，然而這些對他們來說，不過是藉口或名義罷了，實質則根本不同。我們講「主義」，都是以情節文本作為前提的；而日本文學是另外一種文本，這些標籤之於他們，他們之於這些標籤，總歸不大對得上號。

一部小說的讀法，可以有粗細之分。這裏仍然不論高下，但是粗讀讀情節，細讀讀細節，大概是不錯的。日本文學作品如若粗讀，恐怕一無所獲。因為它根本不重情節，也不重結構。日本現代最有名的幾部長篇小說，如夏目的《明暗》，谷崎的《細雪》，嚴格說來都算不上長篇小說。讀這樣的書，不僅不能忽略，而且應該特別重視每一細部。日本小說的細節與別處內涵不同，份量不同，地位也不同。田山花袋的《棉被》，說得上是這方面極端的例子。整篇作品都可以看做是對結尾處一個細節的鋪墊。主人公時雄送走為他所深深愛戀的女弟子芳子，回到她曾經寄宿的房間：

對面疊著芳子平常用的棉被——蔥綠色藤蔓花紋的褥子和棉花絮得很厚、與褥子花紋相同的蓋被。時雄把它抽出來，女人身上那令人依戀的油脂味和汗味，不知怎的，竟使時雄心跳起來。儘管棉被的天鵝絨被口特別髒，他還是把臉貼在那上面，盡情地聞著那令人依戀的女人味。

本來是日常生活中最普通的東西，卻被發現具有特別意味。最普通的東西也就變成了最不普通的東西。人物之間全部情感關係，都被濃縮在這一細節之中。這裏也體現了日本文學中情感交流的基本方式，即往往並不直接發生在人物之間，而要借助一個中介物，出乎某種情感，人物對它產生特殊理解，使之成為投注對象，而它本身也具有了情感意義。在日本小說中，人物所做的，實際上就是從自己的人生閱歷和情感背景出發，連續不斷地對現實生活中瞬間與細微之處加以感受體會。

然而《棉被》到底是極端的例子。在這種物我交融之中，情感的表達未免過於強烈。

更多的時候，則要更蘊藉，更深厚，也更耐人尋味。日本文學的特點，不僅在一個「細」字，還在一個「淡」字。但是這僅僅是就表現本身而言，若論底蘊則是很濃郁的。最有價值的作品並不針對社會，而是針對人生；並不僅僅針對人生為情節所規定的那一時刻，而是針對人生的全部。一方面，人與人之間充分的直接交流根本不可能進行，所表達的只是一點意思；另一方面，對於人生沉重而悲觀的感受，幾乎是先驗的，命定的，不曾說出大家已經心照不宣。底蘊就是這種感受，細節是底蘊的表露，而表露往往只是暗示而已。夏目的《玻璃門內》雖然是隨筆，但前面講過，日本的小說與隨筆並無根本區別，所以也可以舉為例子。有個女子向作者講述自己的痛苦經歷，然後問他如果寫成小說，會設計她死呢，還是讓她繼續活下去。這問題他難以回答，直到把她送出家門：

當走到下一個拐角處時，她又說道：「承先生相送，我感到不勝榮幸。」我很認真地問她：「你真的感到不勝榮幸嗎？」她簡短清晰地答道：「是的。」我便說：「那你別去死，請活下去吧。」不過，我並不知道她是怎麼理解我這句話的。

這應該說是更典型的日本式的細節。心靈的極度敏感，情感的曲折變化，含蓄的表達方式，不盡的人生滋味，全都打成一片。人與人之間距離既非常遠，又非常近。在夏目自己和島崎、谷崎以及井伏鱒二等的小說中，我們常常見到類似寫法。此外日本的「無賴派」，如太宰治的作品，人生體驗也是特別深厚的。

這種瞬間與細微之處的感受體會，除關乎人生況味，還涉及審美體驗。可以說日本文學對世界最獨特的貢獻就在於審美體驗的全面與細緻。忽略了這一方面，恐怕世界文學多少有所欠缺。不過儘管如此，我還是覺得在審美方面顯得特別突出的那些作品，如谷崎的《春琴抄》和《瘋癲老人日記》，川端的《千隻鶴》和《睡美人》，不僅是世界文學的異數，可能也是日本文學的異數，因為這一方面畢竟太突出了。谷崎、川端彷彿專門描寫的東西，實際上也見於別的作家筆下，只不過糅雜於其他描寫之中罷了。而日本文學的真正特點正是將人生況味與審美體驗融為一體。話說回來，細細品味谷崎、川端的上述作品，其實也未必那麼單一，只是一方面太精彩，將另一方面掩蓋住了。他們寫到審美體驗，也就寫到了人生況味，就像夏目等寫到人生況味，也就寫到了審美體驗一樣。在日本文學中，人生況味總是訴諸於審美體驗，而審美體驗也總是體現了人生況味，《細雪》和《雪國》都是很好的例子。

日本文學的審美體驗，所強調的是兩個方面。第一，美只在瞬間與細微之處，稍縱即逝；第二，所有的美是感官之美，美是所有感官之美。這當然有賴於細節描寫。如果忽略細節，日本文學就沒有美可言。例如《雪國》的開頭，「穿過縣界長長的隧道，便是雪國。夜空下一片白茫茫」。就是對一瞬間視覺與心境上黑暗與光亮、狹隘與開闊之間強烈對比的細膩把握。日本文學不僅把我們通常看到的視覺與聽覺之美寫盡了，而且擴展為嗅覺、味覺和觸覺之美，在所有感官審美方式的體驗和表現上都達到極致。這是《源氏物語》以後日本文學的重要傳統，而現代作家幾乎無不有所繼承。前引《棉被》的例子，就是寫的嗅覺與觸覺之美。棉被既是情感投注的中介物，也是審美體驗的中介物，時雄所感受的，最終是芳子在嗅覺與觸覺方面呈現的美。如果對此不能接受，對整個日本文學也就難以接受。作家永遠期待著與之心靈相通的讀者，期待讀者能夠對他的理解加以理解，對他的體會有所體會。這裏作家與讀者之間的關係有如小說中人物之間的關係。

審美對象的無限性與感官的開放性是相互依存的。很少只有某一感官單獨啟用，美最終是對所有感受的綜合，或者說是通感。在椎名麟三的《深夜的酒宴》中，這一審美過程作為複雜的系統，其間發生了多種借代、遞進、轉換和擴展的關係：

忽然發現加代坐在我的旁邊。我看到這個加代一面露著一種妖豔的謎一般的微笑，一面直望著前面。也許是她聽到了我的自言自語。我像直接地感到了她的肉體。她胖得簡直要撐破白皙的皮膚，渾身滾圓，甚至連腳趾都油光可鑒。在她身上，大概沒有一塊皮膚鬆弛的地方吧。接著，突然我就像看著櫻花盛開時那樣，情緒變得鬱悶而厭惡起來。於是，想起了從她房間裏不斷冒出的煮肉的味道，它籠罩了我的心。一下子我的情緒變壞了，想吐，就悄悄地站起身來。這時，我的視線移到她的膝蓋周圍。那膝蓋彆扭地彎曲著，粗大的腿像圓木似地裝在肥胖的腰上。因此，她給我的印象就像蹲著似的，她的上半身要比其他的人高出一截。我從令人窒息的、狹窄的房間走到走廊上，深深地歎了一口氣。我想，她的肉體充滿著人間的夢想。

情緒近乎戲劇性地變化之後，感官之美充盈了整個心靈。美穿越一切，美是終極，它不受人世間邏輯的限制，或者說，美本身就是一種邏輯。美是字面之外所有東西的真正聯繫。日本文學的美呈現於所有細節，而細節總是彌散的，作為感受體會的對象，細節在作品中並不孤立存在。無論審美體驗，還是人生況味，日本文學往往是從別人筆墨所止步的地方起步，最終完全另開一番天地。

二〇〇〇年二月二十三日

美的極端體驗者

我有一個偏見，閱讀某一國度的作品時，總希望看到該國文學的特色，也就是說，那些別處看不到的，或具有原創性的東西。當然通過譯文來閱讀，這種特色已經喪失不少；但是無論如何也還能夠保存下來一些。所以講到日本文學，我對谷崎潤一郎、川端康成等的興趣，始終在大江健三郎輩之上，雖然不能說大江一點日本味沒有，但是西方味到底太重了。這當然只是個人偏見，因為我也知道，每一民族的文學都在發展之中；谷崎也好，川端也好，一概屬於過去的日本。說這話的證據之一，便是日本整個戰後派文學都很西方化，就連三島由紀夫的靈魂也是古希臘而非日本的。谷崎、川端等此時作為素負盛名的老作家，似乎是通過自己的創作來抗衡什麼，然而隨著他們的陸續辭世（谷崎在一九六五年，川端在一九七二年，其他老作家現在也多已作古），我們心目中的日本文學特色可能已經不復存在。二十世紀日本文學中，谷崎和川端也是現代派，都受到過西方文學的很大啟發，但是他們更多是因此而發揚了日本文學的一部分傳統，與戰後派畢竟有所不同。如果不把所謂特色看得過於狹隘和固定，我覺得保留上述偏見倒也未嘗不可，至少不應忽略存在於諸如谷崎與大江之間的明顯差異。

在我看來，谷崎算得上是二十世紀最具日本文學特色的日本作家。不過他的作品也最容易被誤解，也許除了《細雪》之外；而《細雪》未始不會受到另外一種誤解。須得先進日本文學的門，才能再進谷崎文學的門。日本小說與一般小說出發點不同，過程不同，所要達到的目的也不同，不能沿襲對一般小說的看法去看日本小說。譬如審美體驗，在日本文學中可能是惟一的、終極的，而別國文學則很少如此。在谷崎筆下，這一點表現得最為明顯。《文身》、《春琴抄》、《鑰匙》和《瘋癲老人日記》等，很容易被僅僅斷定為施虐狂和受虐狂文學，而且多半涉及性的方面；然而正如加藤周一在《日本文學史序說》中所說：「谷崎寫這樣的小說，當然不是作者自身的或其他任何人的實際生活的反映，而是由此岸的或現世的世界觀產生出來的美的反映，而且是快樂主義的反映。它只描寫生活與這種理想相關聯的一面，其他所有方面都被捨棄了。從這個意義上說，谷崎的小說世界是抽象性的。」

也就是說，谷崎的作品不是一般意義上的寫實的，當然也不是象徵的，而是作者探求美的一個個小試驗場。他用寫實的手法，描寫那些經過精心設計的，從審美意義上講是切實的，而從現實意義上講是抽象的內容。谷崎文學沒有社會意義，無論正面的還是負面的；只有審美意義。有些的確帶有色情意味，但是這與施虐狂和受虐狂色彩一樣，都只是通向美的終極的過程，是全部審美體驗的成分，雖然是很重要的一個成分；但是如果不具有審美意義，它們對作者也就沒有任何意義。

世界上大概沒有一位作家，像谷崎那樣畢生致力對美的探求，這種探求又是如此極端，如此無所限制。正因為無所限制，他的作品與社會發生了某種關係。谷崎只針對美，並不針對社會；但是社會關於美的意識與谷崎對美的探求有所衝突，在他看來這實際上是為美和審美規定了某種限度。而對谷崎來說，美沒有任何限度，審美也沒有任何限度。那麼借用禪宗的一句話，就是逢佛殺佛，逢祖殺祖，雖然他是有我執的，這個我執就是美。所謂「惡魔主義」，也是在這一層面發生的，本身是過程之中的產物，並不具備終極意義。然而我們有可能忽略這一點。從另一方面講，當善與美發生衝突時，谷崎不惜選擇惡來達到美；我們從社會意識出發，也有可能認為他表現了醜。譬如《惡魔》中佐伯舔戀人的手帕，就是一例：

……這是鼻涕的味兒。舔起來有點熏人的腥味，舌尖上只留下淡淡的鹹味兒。然而，他卻發現了一件非常刺激的、近乎豈有此理的趣事。在人類快樂世界的背面，竟潛藏著如此隱秘的、奇妙的樂園。

日本文學的美都是感官的美，而且，審美體驗涉及所有感官。這裏便是谷崎在味覺審美上所表現的一種無所限制的體驗。而審美體驗的無所限制，正是谷崎文學的最大特點。《春琴抄》堪稱谷崎審美體驗集大成之作，當春琴被歹徒襲擊後，她說的第一句話就是：

佐助，佐助，我被弄得不像人樣了吧，別看我的臉哪。

這提示我們，男女主人公之間，最根本的是一種審美關係，這也可以擴大於作者筆下一切男女關係。從這一立場出發，那些超出人們通常接受程度的細節描寫，似乎也就可以得到理解。而在《春琴抄》中，佐助正是因為不要再看師傅被毀容的臉，刺瞎了自己的眼睛。此後他有一段自白：

> 世人恐怕都以眼睛失明為不幸。而我自瞎了雙眼以來，不但毫無這樣的感受，反而感到這世界猶如極樂淨土，惟覺得這種除師傅同我就沒有旁人的生活，完全如同坐在蓮花座上一樣。因為我雙目失明後，看到了許許多多我沒瞎之前所看不到的東西。師傅的容貌能如此美，能如此深深地銘刻在我的心頭，也是在我成了瞎子之後的事呀。還有，師傅的手是那麼嬌嫩，肌膚是那麼潤滑，嗓音是那麼優美，也都是我瞎了之後方始真正有所認識的。

除了美超越一切之上外，更重要的一點在於，《春琴抄》表現的是審美體驗在不同感官之間的轉換過程，也就是從視覺審美變為觸覺和聽覺審美，而這使得審美主體與審美對象之間的距離更為切近，所感受的美也更具體，更鮮明，更強烈。換個角度來看，也可以說是通過屏蔽某一感官，其他感官的審美體驗因此被特別凸現出來。晚年力作《瘋癲老人日記》，正是在這一方向上的發展。「我」老病纏身，幾乎只能通過觸覺來體驗兒媳瘋子的美。瘋子稱「我」為「迷戀腳的您」，呈現在「我」感官裏的瘋子的腳的美在這裏被描寫得淋漓盡致。而最為登峰造極的，是「我」打算將墓碑做成瘋子腳的形狀，「我死了之後，把骨頭埋在這塊石頭下面，才能真正往生極樂淨土呀。」這也體現了谷崎文學審美體驗的受虐狂因素。而一旦涉及性，觸覺、味覺和嗅覺較之聽覺和視覺，色情意味要更重一些。《戰後日本文學史・年表》中譯本有段引文，為現在收入《谷崎潤一郎作品集》的《瘋癲老人日記》（這似乎是個節譯本）中所未見：

墓石下面的骨頭發出哭叫聲。我邊哭邊叫：「好疼，好疼，」又叫：「疼雖然疼，可是太開心了，實在太開心了，」我還要叫：「再踩，再踩吧！」

對於「我」和作者谷崎來說，這一筆非常關鍵，刪略就不完整了，但是仍應被納入作者的整個審美體驗範疇之中。谷崎是女性的崇拜者，曾強調自己「把女人看做是在自己之上的人。自己仰望著女人。若是不值得一看的女人，就覺得不是女人」，然而對他來說，女性只是女性美的載體，只有美才是至高無上的，所以《瘋癲老人日記》中的「我」，不惜以死為代價從事美的歷險，《鑰匙》中的丈夫則為此而送了命。這兩部小說與《春琴抄》一樣，從一方面看是美的歷險，從另一方面看是人生的折磨，其間反差如此之大，正可以看出谷崎的視點與尋常視點有著多麼大的區別；而如果不認同他的眼光，我們就只能誤讀他的書了。

在谷崎的全部作品中，份量最重的《細雪》被認為是個例外，因為這裏向我們呈現的只是生活狀態本身，並不具有前述那種抽象性。小說由一系列生活瑣事組成，進展細膩而緩慢，沒有通常小說中的重大情節，也沒有谷崎其他作品中刺激性強烈的事件。閱讀它同樣需要首先接受日本小說的前提，即情節根本是無所謂的，應該撇開它去品味細節。《細雪》是人生況味特別深厚的作品，谷崎似乎回到普通日本人的姿態，去體驗實在人生了。然而這裏審美體驗仍然十分重要，不過所強調的不是超越日常生活之上，而是彌散在日常生活之中的審美體驗，這正與他在隨筆《陰翳禮贊》中所揭示的是一致的。雖然我們時時仍能看到谷崎特有的審美方式，譬如通過描寫雪子眼角上的褐色斑表現她不復年輕，通過描寫妙子身上不潔氣味表現她品行不端，都是作者慣常使用的訴諸感官的寫法。

二〇〇〇年十月十四日

川端文學之美

我們讀川端康成的早期之作，比如《伊豆的舞女》，感覺真是清澈得很；及至到了晚期，特別是《睡美人》和《一隻胳膊》，好像特別渾濁。縱觀整個川端文學，《雪國》可以說是起著承前啟後的作用，此前此後的作品明顯就有這種不同（偶爾也有例外，比如《古都》）。所有這些，其實只是我們作為讀者印象上的變化，對於川端來說，變化則始終沒有超出一個範圍。川端最著名的小說差不多都是描繪感官美的，所發生的一切變化都是在感官美和對於感官美的描繪之中的變化。《雪國》裏有一段描寫，我覺得最具有代表性：

島村感到百無聊賴，發呆地凝望著不停活動的左手的食指。因為只有這個手指，才能使他清楚地感到就要去會見的那個女人。奇怪的是，越是急於想把她清楚地回憶起來，印象就越模糊。在這撲朔迷離的記憶中，也只有這手指所留下的幾許感觸，把他帶到遠方的女人身邊。他想著想著，不由地把手指送到鼻子邊聞了聞。當他無意識地用這個手指在窗玻璃上劃道時，不知怎的，上面竟清晰地映出一隻女人的眼睛。他大吃一驚，幾乎喊出聲來。大概是他的心飛向了遠方的緣故。他定神看時，什麼也沒有。映在玻璃窗上的，是對座那個女人的形象。

加藤周一談到川端康成時說：「女子總是他訴諸視覺的、觸覺的或聽覺的美的對象，是雕刻般的東西，絕不是主體的人。」（《日本文學史序說》）這裏的兩位女子——駒子（「就要去會見的那個女人」）和葉子（「對座那個女人」），正是出現在島村的感官裏，而且，是在不同的感官裏。與其說她們代表了川端前後期作品的兩類女主人公，倒不如說島村與她們的關係代表了作為川端文學主體的感官美得以實現的不同方式更恰當些。所謂不同方式，其實都是訴諸感官的美，只是其中起主要作用的是不同的感官而已。一切的美無非都是感官美，但是川端在這裏承繼了日本文學最根本的一個傳統，即認為感官美的範圍應該是涉及所有的感官，同時，感官美的對象也沒有任何限制（後面這一點，在《千隻鶴》和《山音》中表現得最明顯）。對川端來說，感官的美不僅是視覺的，聽覺的，而且是嗅覺的，味覺的和觸覺的。而不同感官的美在其實現過程中，加藤所說的「主體的人」與「美的對象」之間的距離其實是不同的，視覺、聽覺較之嗅覺、味覺和觸覺，這一距離是從遠到近。在《雪國》的例子裏，作為觸覺及嗅覺的美的對象的駒子和作為視覺的美的對象的葉子，一位顯得滯重，一位顯得輕盈；島村與她們的關係，分別是「肉」與「靈」的關係，這都與美的距離不同有關。最切近美的對象的是觸覺，川端寫《睡美人》和《一隻胳膊》時，觸覺的美已經成為最主要的內容。而從前在《伊豆的舞女》中，那個純潔的舞女始終只是存在於「我」的視覺之中。這一美的距離的變化，給我們讀者的感覺恰恰就是清澈與渾濁的區別。

川端在《獨影自命》中說：「島村當然也不是我……說我是島村還不如說我是駒子。我是有意識地保持島村和自己的距離來寫這部作品的。」但是又說：「對於《雪國》的作者我來說，島村是一個讓我惦念的人物。」主人公作為原型與作為審美上的「主體的人」有所區別，從前者講，與作者之間的任何類比都有牽強之嫌；從後者講，我想幾乎可以肯定川端就是他所有作品審美上的「主體的人」。而對川端來說，他作為「主體的人」與「美的對象」的距離，也反映了他自己與人生或者說與生命的一種關係。美在不同感官訴諸上的偏移，美的距離的切近，是他更加意欲抓住人生或生命的體現。《伊豆的舞女》裏的他實際上是在人生或生命之外，一切顯得虛無飄渺；到了晚期這一關係反而要切近得多，坐實得多。晚期的川端常常被批評是頹廢，從審美意義上講，頹廢與感官美的對象的沒有限制有關，與美在不同感官訴諸上的偏移有關，與「主體的人」與「美的對象」之間距離的切近也有關。頹廢應該是針對生而言的，頹廢正是川端更加意欲抓住人生或生命的體現。

一九九八年十月十八日

談溫柔

最近把家存的所有蒲寧小說的譯本找出來重讀了一遍，還是覺得很喜歡。其實我早已是不大愛看小說的了，幹嘛趕到蒲寧就成了例外呢，說來這有些買櫝還珠之嫌：現在我所留心的乃是他小說裏的意思。蒲寧小說我最喜歡後期即去國之後所作，因為他的意思在其中更是圓滿。關於這點，特瓦爾多夫斯基為九卷本《蒲寧文集》寫的序言中有番話說：

愛與死幾乎是蒲寧的詩歌和散文的從不改變的基調。他描寫的愛情是塵世之愛，肉體之愛，凡人之愛；這種愛或許是對人生的一切缺陷、不足、虛妄、苦痛的唯一補償。但是這種愛往往直接歸於死，甚至似乎因為好景不長、死別難免而變得崇高起來。蒲寧寫的愛情故事結局大多是死。這樣的結局有時到了突兀、造作的地步，例如〈麗卡〉的結局。

這似乎是很有份量的意見，我們這裏的論家也常常襲用；他講到蒲寧筆下的愛還不無道理，但關於死就不是那麼回事了，他也不大明白愛與死在這裏是怎樣的一個關係，所以也就不能說是徹底理解了蒲寧所寫的愛。特氏之於蒲寧說到底還算不得是個解人。〈麗卡〉是長篇小說《阿爾謝尼耶夫的一生》的最後一部，關於特氏所說的結局，該書中譯本譯後記介紹說：

在小說中，阿列克謝·阿爾謝尼耶夫和麗卡的愛情史是以麗卡之死而告終的。但實際上，巴琴科同蒲寧關係破裂之後便嫁給了作家的早年的朋友阿·尼·比比科夫。照穆羅姆采娃－蒲寧娜的說法，《阿爾謝尼耶夫的一生》之所以有這樣一個結局，看來是因為「作者希望他的生活就是如此」。

所以這是蒲寧特意的安排，在別的小說中大概也一樣，乃是蒲寧之為蒲寧的地方；

指摘這個，也就等於把蒲寧整個兒給否定了。愛與死，蒲寧寫的確實只是這兩件事，他的小說幾乎有一個固定的模式：偶然發生的愛，繼之就是突然降臨的死；因為都是如此，所以這死給我們的感覺就是必然降臨的了。附帶說一句，如果只寫一篇，他的這個意思似乎就很難體現出來。死在蒲寧小說中是特別重要的一個成分，但是他每次寫到死卻都很簡略，例如：

就在那年春天，我得知她患了肺炎，回到家中一星期就病故了。（《阿爾謝尼耶夫的一生》）

在復活節後的第三天上，他死在地下鐵道的車廂裏了——當時他在看報，突然把頭往後一仰，靠在椅背上，闔上了雙眼……（〈在巴黎〉）

這年十二月，她由於早產在日內瓦湖畔與世長辭了。（〈娜達莉〉）

一個月後，他在加里西亞戰死了，——死，這是多麼不可思議的字眼呀！（〈寒秋〉）

本來我們打算到莫斯科去度過秋天，可是不僅秋天，連冬天我們都不得不滯留在雅爾達——因為她開始發燒而且咳嗽，我倆的屋裏彌漫著甲氧甲酚的藥味……到了來年開春，我把她埋葬了。（〈三個盧布〉）

這是因為在他看來死並不是特別發生的一件事情，它是必然的，無可爭議的，是人生唯一的結局。在蒲寧的小說中，死是前提，是背景。蒲寧真正關心的是「死前」。他所描寫的愛（他總是把愛描寫得非常真切非常細緻）都是在死的前提或背景下發生的；而且他總是把死與愛緊緊地聯繫在一起，如果人生是一本書的話，愛總是作為結局的死的前一頁。他寫的愛都很美好，但是僅僅是對美好的一種感覺，從來都來不及享受這美好，所以他寫的愛就不給人以幻想，沒有什麼羅曼蒂克。蒲寧筆下的愛我們往往要透過死才能看得清楚，在《阿爾謝尼耶夫的一生》中正有這樣的描寫：

不久前我夢見她一次，也是我這漫長生涯中唯一的一次。在夢中，她的年紀和我們共同生活、共度青春的時期一般大，只是從臉上可以看出她的美貌已衰。人顯得清瘦，身上穿著喪服一樣的衣衫。我看得模糊，然而心中充滿了如此強烈的愛和喜悅，如此深切地感受到肉體和心靈的接近，那是我日後再沒有從任何人身上體驗過的。

蒲寧筆下的人物，不論男人、女人，無一不是經歷了長期的人生跋涉，如果認定了人生必死，如果勞累、困頓、苦難了一生僅僅是得到一個死的結局，那麼實在是太苦了。

蒲寧認為人徹底失去一切之前總得得到一點什麼，在死前人生總該被什麼東西照亮一下子，好比是有一道光，這道光就是他所寫的愛。「這種愛或許是對人生的一切缺陷、不足、虛妄、苦痛的唯一補償」，特瓦爾多夫斯基這句話是說得好的。這實在是人生所有的一點點企求；雖然結果是不僅這企求破碎了，而且連發出企求的那個所有也要失去，就像〈在巴黎〉寫的那樣：

> 她穿著喪服，從墓地回來的那天，春光明媚，在巴黎柔和的天空中，有幾朵春日的浮雲飄過，萬物都說明生活是青春常在的——但也說明了她的生活卻已經到了盡頭。

蒲寧寫的愛當然是實實在在的一段段愛情，但若說它僅僅是愛情卻似乎太輕了，從人生來理解它是一種慰藉，與現在被我們說得濫俗了的「終極關懷」很近似。這個如何形容呢，我想起「溫柔」一詞：溫柔是什麼意思我們去查字典好了；從字面上體會，「溫」就是別太冷了，或不要僅僅是冷，「柔」就是別太硬了，或不要僅僅是硬。這也可以說是憐憫罷，蒲寧對於人生真是充滿了憐憫。

一九九五年十月二十二日

喜劇作家

一般說來，毛姆應該歸在有紳士風度，幽默和作品吸引人、讀來有趣的那類作家之列。這首先因為他巧於構思，會講故事；另外，也與他在小說中常常表現出的態度有關。毛姆的主要作品幾乎都譯到中國來了，譯過來的我也幾乎都讀過，好像除了《月亮和六便士》裏的恩特里克蘭德和《刀鋒》裏的拉里（有論家指出，分別是以高更和維特根斯坦為原型）外，他筆下的人物都處在作者的某種俯視之下。毛姆並不認為他們是英雄或有可能成為英雄，他們在他眼裏多少有些可笑亦復可憐。他們度過了各式各樣的人生，其實只不過是白費力氣而已。所以雖然毛姆的小說讓人感到輕鬆，甚至可以作為消遣的讀物，那原因卻在於他卸卻了意義和價值加在人生之上的重負；這一重負卸卻之後，「人生不過如此」——然而如果再多問一句的話，那個「如此」是什麼呢。毛姆的小說除了輕鬆和消遣，也未必不讓我們再去想一想。他的確說過：「文學是一種藝術。它不是哲學，不是科學，不是政治經濟學，不是政治；它是一種藝術。而藝術是給人享受的。」〈漫談美國文學〉而我們也可以說，文學的確是文學，但是一切文學最終都是哲學。文學或許不應該表現為哲學，但是文學不可能不表現哲學。毛姆的小說除了有一些好故事，一些活生生的人物，以及經常見到的那種異國情調外，也還有他自己的一個總的意思。他寫的雖然是一個個人，但是對他來說他們代表了他眼裏整個的人類。輕鬆和消遣都只是表面淺淺的亮色，幽默就不無深意了，幽默底下其實還有些黑暗。我覺得，《人生的枷鎖》裏的一段話最可以概括毛姆的總的意思：

菲利普想起了有關東羅馬帝國國王的故事。那國王迫切希望瞭解人類的歷史。一天，一位哲人給他送來了五百卷書籍，可國王朝政纏身，日理萬機，無暇披卷破帙，便責成哲人將書帶回，加以壓縮綜合。轉眼過了二十年，哲人回來時，那部書籍經壓縮只剩了五十卷，可此時，國王年近古稀，已無力啃這些傷腦筋的古籍了，便再次責成哲人將書縮短。轉眼又過了二十年，老態龍鍾、白髮蒼蒼的哲人來到國王跟前，手裏拿著一本寫著國王孜孜尋求的知識的書，但是，國王此時已是奄奄一息，行將就木，即使就這麼一本書，他也沒有時間閱讀了。這時候，哲人把人類歷史歸結為一行字，寫好後呈上，上面寫道：人降生世上，便受苦受難，最後雙目一閉，離世而去。生活沒有意義，人活著也沒有目的。出世還是不出世，活著還是死去，均無關緊要。生命微不足道，而死亡也無足輕重。

毛姆所有作品的基調就定在這裏。就一種人生哲學而言，他當然並沒有多大創獲（我們也不應該這樣去要求他或者別的作家），只是用了一副實際上是古已有之的眼光來看待人生。這副眼光，我覺得不妨說是喜劇的；而與之對立的一副眼光，則可以說是悲劇的。記得魯迅有兩句特別有名的話：「悲劇將人生的有價值的東西毀滅給人看，喜劇將那無價值的撕破給人看。」關於悲劇和喜劇人們說過那麼多，卻讓他道著其中的真諦。悲劇和喜劇從根本上講不是對人生的現象而是對人生的本質的認識。「毀滅」與「撕破」，這些還只是表現而已；在魯迅的話裏有更深的一層意思，即根據對於人生本質的認識來區分，悲劇是以「人生」「有價值」為前提，喜劇是以「人生」「無價值」為前提。人生本是一個東西，悲劇和喜劇都是對它的看法。悲劇是正的，喜劇是負的；悲劇是向上的，喜劇是向下的；悲劇最終張揚人生的價值，喜劇最終消解人生的價值。回過頭去再看毛姆，他不過是文學史上一系列喜劇作家中的一個而已。

一九九八年十月十一日

卡夫卡與我

卡夫卡是本世紀最佳作家之一，時至今日，且已成為傳奇英雄和聖徒式人物；正如奧登在一九四一年說過的那樣，就作家與其所處時代的關係而論，卡夫卡完全可與但丁、莎士比亞和歌德等相提並論。

喬伊斯・卡洛爾・歐茨在《卡夫卡的天堂》裏說的這段話，十七年前我初次接觸卡夫卡的作品時就已經讀到，因此給我的印象很深，幾乎成了許久以來我自己對這個奧地利作家的認識。但是現在我想，除了強調被論述者的重要性以外，這裏其他的意思好像都不無可以商榷之處，至少也需要有所解釋。比如說，卡夫卡「所處時代」與另外幾人是完全不同的，因此與時代的「關係」就肯定是兩樣，所以如果簡單地「相提並論」恐怕反倒會誤解了他。此外，「傳奇英雄和聖徒式人物」這樣的話加之於卡夫卡也需要被賦予新的意義，甚至是與原來這些話語大部分意義根本相反的意義。在另一方面，以卡夫卡作為二十世紀的代表人物恐怕有很多人不會同意。因為這個世紀在一個極向上有他，《訴訟》與《城堡》等的作者；在另一個極向上有科學技術與現代工業的高速發展。我們很容易把這兩個極向分別理解為光明與陰暗，或者希望與絕望。如果我們說其中一個極向（卡夫卡）是另一個極向的產物，至少它們是在同步發展，我們迄今還很難說服所有的人。而第一個做這番說服工作的可以說就是卡夫卡本人。當然更深一層的認識（這也來自卡夫卡的作品）是，卡夫卡置身於這兩個看似對立的極向之上，雖然他肯定不是光明與希望，但是僅僅以陰暗或絕望來概括他也顯然是不夠的。用卡夫卡的眼光看，這兩個極向實際上很可能是一致的，這種一致性我們似乎只有用一個最不具一致性的詞來形容，這就是「荒誕」。我想荒誕是穿越了希望與絕望，它是它們相互碰撞的結果，這並不是一個純然悲觀的東西；我們只是不能也不可能再像過去那樣樂觀了而已。

現代意識最重要的特點是非理性，所以它在實質上並不是與以往的各種意識不同的另外一種意識。荒誕也是如此，我覺得它更接近於感受。在不排斥其他人對卡夫卡作品各個方面意義的揭示的前提下（否則就有把他簡單化之嫌），我心目中的卡夫卡與所處時代的關係顯然不同於但丁一干人等，他是我們這個時代的感受的先知。也就是說，他寫出了他的感受，然後，我們所有的人在我們各自的生活以及由這些生活共同構成的整個歷史演進中重複他的感受。對於我們一切都是新鮮的——當然這種新鮮之感說穿了也是由於不再麻木而已；而對他一切都是體驗過的。我們窮盡一生只是走向了卡夫卡。卡夫卡不能說是傳統看法裏的一株偉岸的樹，但是大家都在他的蔭蔽之下。我雖然稱他為先知，這個人卻顯然是在我們當中，在二十世紀人群的隊列裏他可能是最先的一位，也可能是最後的一位。卡夫卡，我想也許他是這世界人散燈滅最後那個鎖門的人。他寫出了這個世紀所有的荒誕，除了這樣一點外：在他寫出所有荒誕以後我們還不能不繼續著這種荒誕。這是他所不能寫出的最大的荒誕。卡夫卡的很多作品都沒有完成，在他臨死之際還曾要求朋友把他寫的東西「一點不剩地全部予以焚毀」，我總感到他最終意識到無論如何他也不能完成對於荒誕的描述，也就是說，他不能跳出荒誕之外，在荒誕面前他也是荒誕，他不是世界與歷史的終極，我想這一切也許都是有關係的。

卡夫卡的作品中，我覺得最值得重視的是他最後沒有寫完的〈地洞〉。它好像比〈變形記〉，甚至比《訴訟》、《城堡》更純粹。在這裏已經不再借助於與外界事物的衝突（儘管那些衝突往往是莫名的），完全是對內心世界的描述了，而這才是我們真正無法面對和無法承受的。當那個不知名的動物守望著地洞時，作者寫道：「我彷彿不是站在我的家門前，而是站在我自己的前面……」我因此想到其實地洞是一個人，而洞裏的動物是他的思想。〈地洞〉是一部不可能敘述完成的心路歷程。經歷了探索、陶醉和周而復始的彌合之後，即使是人的思想也不能成為他的逃避之所，因為人間的全部荒誕實際上是來自於人自身。說到底不是你周圍的世界荒誕，是你荒誕。人為自己所不安，所驚恐——在我看來，在小說最後部分發出使那動物惶惶不可終日的奇異聲響的也不會是他以外的任何所在。

一九九七年二月三日

博爾赫斯與我

我總感到在卡夫卡和博爾赫斯這樣兩個從未見過面的人之間，好像有著一種默契，一種交接，這樣他們就都能夠最充分地展現自己的才華。博爾赫斯本人也曾試圖確立這一聯繫，在〈卡夫卡及其先驅者〉中，他為卡夫卡找到一批作品具有虛構和悖論性質的先驅者，實際上是將卡夫卡視為自己的一位先驅者了。但是我還是要說他們是在不同領域裏從事偉大的開掘的；這個不同領域，我們姑且分別用「有」和「無」來形容罷。關於「有」可以說已經基本上被卡夫卡給寫完了。兩年前我寫〈卡夫卡與我〉，寫到讀他的《地洞》的感受時，有個人不斷打電話給我，結果只好草草收筆。記得我本來想說，當我讀到《地洞》裏不知名的動物另外造了個洞看著自己的地洞時，真有說不出的空虛，寂寞，甚至恐懼，我想有關人類、歷史和這個世界的實質已經被他寫出來，別的作家似乎只能做亞歷山大大帝之哭了。當然在同一方向上以後還有像卡繆《局外人》那樣的優秀作品，但是也只能說是拾遺補闕了。

至於博爾赫斯，路易斯・哈斯在〈豪爾斯・路易斯・博爾赫斯以哲學聊以自慰〉中說得非常清楚：

他叫博爾赫斯，住在布宜諾斯艾利斯。這僅僅是他的一個方面；還存在著「另外一個」博爾赫斯，正像他自己所說的那樣，生活在另一世界，這個世界按橢圓形軌道圍繞某一個已消失的星球運轉，而這個星球發出的光輝仍然照耀著無形的作品和被人遺忘的手稿。

這裏前一個博爾赫斯無疑仍然是屬於卡夫卡的，而「另外一個」就不同了：有別於卡夫卡之面向「有」，他面向「無」。雖然博爾赫斯也曾取法於前人，譬如常常被他提及的《一千零一夜》等，但是他的確是完全創造了「另一世界」的作家。對博爾赫斯來說，最重要的並不是寫法問題。我們也不能簡單地把他混同於以虛構作為主要寫作方式的作家之列。卡夫卡就是最擅長虛構的作家。但是卡夫卡以及別的虛構作家可以從「無」來，卻總是向「有」去的，博爾赫斯則來與去一概是「無」。在博爾赫斯的作品中經常出現鏡子這個意象，其實所有的文學都是鏡子，只是在別人（例如卡夫卡）的鏡子中我們看到的仍是我們的世界，而在博爾赫斯的鏡子中看到的是別的東西，或者乾脆說什麼也不能看到。這裏涉及一向被當作評判文學的基本標準之一的真的問題。真及其對立面假所涵蓋的是文學與這個世界的關係。博爾赫斯以前的文學，無論怎麼寫法，都是對這個世界的譬喻，也就是說，都是寓言式的，至於是否直接描摹現實其實並無所謂；而博爾赫斯的文學是反寓言式的，它的那種譬喻性質被徹底消除了。博爾赫斯沒有真或假的問題。大家形容他，說是迷宮，夢，或怪誕，其實這只是我們的感覺而已；最根本的是我們在這裏喪失了原有一切關於向度和量度的標準。博爾赫斯為「另一世界」創造了空間和時間，兩樣東西與我們世界的完全不同。他的世界不是我們的世界（或者乾脆說是卡夫卡的世界更恰當些）向著某一方向的延伸，構成它們的基質是不一樣的。諸如人，生活，社會以及作為這一切的背景的歷史等等，從來就不曾被博爾赫斯所關注過。

博爾赫斯的「另一世界」僅僅存在於他的頭腦之中。這支持了我的一個想法，即想像本身已經足以給人類提供永恆的價值取向，而並不在乎這一想像的意義何在。換句話說，想像與我們的存在之間並不是派生或隸屬的關係，無須用存在來界定，它本身就是獨立的存在，就已經具有了終極意義。所以我堅信在二十世紀繪畫史上超現實主義一派貢獻極大，同樣我們也無須擔憂會對博爾赫斯以及繼乎其後的卡爾維諾等人有什麼過分揄揚之處。前天晚上我在電話裏和一位朋友談起這一點，他說其間畢竟還有生成與製造的區別。我提到一種流傳久遠的說法，即世界是由上帝創造出來的。在這一說法中，上帝並不等待著世界自己生成，而是製造了它；我們因此崇拜這個角色，並不加以鄙夷。或許這只是玩笑，或許它意味著人類在冥冥之中早已對自己有所期待。多年以後，這一期待由博爾赫斯在文學領域裏完成了。既然所謂上帝無須辯解，博爾赫斯也就無須辯解。當然這裏似乎有個區別，即其一出乎心靈，其一出乎頭腦。博爾赫斯也曾經這樣談論自己：「他是利用哲學問題作為文學素材的作家。」（〈我和博爾赫斯〉）但是我們無法斷言智慧的價值不如情感，而一個偉大的頭腦竟抵不上一個偉大的心靈。

一九九九年五月十五日

距離或絕望

J・貝爾沙尼等著《法國現代文學史》說：

不管瑪格麗特・杜拉搬上舞臺的是一個什麼家務都做的女僕或一個工業家的妻子，一個副領事，一個年金收入者或一個「左派」小知識婦女，她給我們敘述的始終不是一次戀愛的故事，而是愛情的故事。……瑪格麗特・杜拉寫道：「世界上沒有一次戀愛能代替愛情。」

這提示我們，杜拉的小說恐怕應該是另外一種讀法；而我們往往把她寫的「愛情」看成「戀愛」了。所謂愛情別有意義。在她的所有小說中，都存在著一個可以被視為主體的東西，就是距離。這是一位關於距離的作家。她的人物永遠停留在起點，無論經歷過什麼，人物之間不可能相遇。杜拉的《情人》出版之後，「有人問這位作家，在重讀自己的這本小說的時候，是不是有某些懊悔，感到遺憾的地方。回答是：沒有，只有小說的結尾是例外，即小說最後十行文字寫打來的一個電話。」（見上海譯文版譯者前言）我覺得正因為這一筆似乎意味著有縮短距離的可能，所以她才感到遺憾。

杜拉小說中總有一個「他」和一個「她」。「他」並不是某個男人，甚至不是作為整體的男人；「她」也不是某個女人，譬如說，杜拉自己，甚至也不是作為整體的女人，他們是這世界上相距最遠的兩個點。距離，換句話說，也就是絕望。因為距離的一端或兩端，總是試圖縮小這一距離，結果總是徒勞的，所以是絕望。這也就是杜拉意義上的愛情。愛情，距離和絕望，是一個意思。我們也可以說，愛情，這是她的人物的生存狀態，或者說是一種基質。杜拉關注的不是人的生活，而是人的存在。

杜拉的作品，我最喜歡的（在目前所能讀到的譯本中）是《琴聲如訴》、《長別離》、《昂代斯瑪先生的午後》、《印度之歌》和《藍眼睛黑頭髮》。不妨以《長別離》來做代表。書裏真正的人物只有兩個：黛蕾絲和流浪人。流浪人喪失了記憶，而黛蕾絲試圖喚醒他喪失的記憶。這裏她做了什麼其實並不重要，重要的是他始終沒有恢復記憶。杜拉的小說沒有事件，也沒有過程，事件和過程都是虛幻。前面我們講到人物，然而他們與其說是人物，不如說是一齣戲裏的兩個戴面具的角色。

這一切就像米歇爾・萊蒙著《法國現代小說史》講的那樣：

如果說娜塔麗・薩洛特寫的是反小說的話，那麼，瑪格麗特・杜拉可以說寫的是前小說：在這個空間和她開了個頭的這個時間裏什麼事情也沒有發生。她著重寫的是一個故事的可能情況，但故事卻永遠不會發生；萬一發生了，就暴露了世界上存在的奧秘。她只講述發生的很少的一點點事情，再添上心裏所想的很少的一點點東西，就這樣她成功地創造了一種令人心碎的悲愴氣氛：這種悲愴氣氛與人的存在非常逼近而和愉快的心境相距甚遠。

杜拉常常喜歡從一己的經歷取材，寫成她的作品。不過從經歷到作品並非一蹴而就，其間尚有過程。杜拉是把經歷的碎片納入她的哲學，而不是把哲學納入她的一段段經歷。經歷對她來說不是主體性的東西。也許根本沒有小說家杜拉，只有哲學家和詩人杜拉。達到極致的時候（例如寫《藍眼睛黑頭髮》時），她與洛特雷阿蒙、蘭波、聖—瓊・佩斯是同一序列的作者。我們當作「寫實」或「仿真」來讀，恐怕看走了眼了。

一九八六年杜拉在美國獲得過一個以海明威命名的獎項。當時我大概在《參考消息》上得知此事，授獎的理由彷彿是說杜拉的文體具有海明威的特色。但是我記不大清楚了。我以為在杜拉與海明威之間的確存在著某種共同之處，他們都認定陳述真相是不可能的。這不是從操作意義上而是從哲學意義上講的，因為他們本身都是刻畫方面的高手。《長別離》中有段對白，正是這個意思：

皮爾：「你是不肯呢，還是不能把心事告訴我？」

黛蕾絲輕聲答道：「不能。我即便想說，也不知從何說起。」

類似的說法，多次見於她的作品。杜拉的小說都像是電影劇本，僅僅是對將要拍攝的電影的一種提示；然而她的劇本拍成電影也不就是最終的陳述。我們很容易由此聯想到中國畫的「留白」，但畢竟是不一樣的：留白意味著可能，而杜拉所揭示的恰恰是不可能。換句話說，留白出自一個可以主宰一切的神之手，而杜拉與她的新小說派朋友不承認有這樣一個全知全能的神存在。這裏，寫小說的她類同於小說中的一個人物，受到絕對限制，逾越不了她與對象之間的距離。

一九九九年十一月二十八日

一支沒有射擊的槍

契訶夫的朋友謝・尼・休金記述過他的一番話：

凡是跟小說本身沒有直接關係的東西，全都應該毫不留情地去掉。如果您在第一章裏說，牆上掛著一支槍，那麼在第二章或者第三章裏它就應該用來射擊。如果沒有人去使用，那麼它也就不必掛在牆上。

我不知道是否後來有小說家受到相反的啟發，特地要去描寫一支沒有射擊的槍。比方說，在每一章裏都提到它，讓它老是掛在牆上，但是直到最後，這支槍也沒有派上用場。我覺得這倒是很有意思的。

羅伯－格里耶在《現實主義與新小說》中談到《包法利夫人》時說：

小說的頭七頁就是班上的這個男孩子在說話，是他在講述查理・包法利到了班上，他戴帽子的方式，並詳盡地描寫了他的帽子。描寫帽子是一個莫名其妙的細節，超出了上下文意義的需要。福樓拜在初稿中曾用了好幾頁的篇幅描寫查理的這頂帽子，他曾把這段文字念給他的朋友布依埃和杜康聽，徵求他們的意見。他的朋友們很不滿意，說：「居斯塔夫，你把你的讀者弄糊塗了，這個細節毫無意義。」

福樓拜的朋友的話與契訶夫所說「有驚人的相似」。這裏實際上體現了一種哲學，一種對我們這個世界（過去、現在和未來）的基本認識，即所有的東西都具有意義，所有的東西都能夠被納入某種秩序，所有的變化都能夠得到解釋。這些統統可以被歸結為我們常說的因果律。因果律在「因」和「果」之間建立的那種固定的、相互呼應的關係，反映的正是人們對絕對秩序感和絕對合理性的要求。

在契訶夫的例子裏，顯然射擊只是那支槍的一種可能性，同樣，不射擊也是一種可能性，為什麼後面這種可能性被剝奪了呢。答案當然是因為它屬於「跟小說本身沒有直接關係的東西」，「毫無意義」。可是這種判斷（包括契訶夫所說的「小說本身」的存在）

還需要有一個依據或前提，這也就是上述那種哲學。問題不在於合理性是否合理，問題在於合理性的合理性是否合理。

如果我們承認因果律的這一前提，因果律當然就是合理的，甚至是必須遵守的。反過來說，因果律也是契訶夫所謂「小說本身」的基本保證；沒有因果律，「小說本身」就不存在了。一個作家無論如何要合乎自己的邏輯，能夠自圓其說。所以你不能把一支不合理的槍放到一個必須處處合理的小說的語境裏。在這個語境裏，那支槍非得射擊不可。一支莫名其妙的槍必然會給由「跟小說本身有直接關係的東西」構成的叫做「小說本身」的秩序造成極大的干擾，以致最終從根本上起到一種顛覆作用。

契訶夫是我非常喜愛的作家，我在這裏所說絲毫沒有貶損他的意思，我甚至覺得他這番話並不能完全概括他自己的創作，就像毛姆說過的那樣：「即使是契訶夫，也只有覺得適合他需要的時候，才恪守自己的原則。」其實他更像是在陳述一個有關傳統小說的事實。全部傳統小說都是建築在這樣一種人為規定的「有意義的」、「合理的」秩序之上。附帶說一句，對傳統小說的閱讀也正是對這一秩序的再次確認。所以儘管根據因果律，果必有因，因也必有果，就像那支槍如果存在，它就必須發射，否則就不得存在一樣，但是這絲毫也不妨礙我們仍能饒有興趣地讀下去。人們正是要在因果律中去體驗因果律的那種「有意義的」、「合理的」秩序感。

取消了因果律，傳統小說也就站不住腳了。現代小說對於傳統小說的突破正是在這裏。現代小說可以說都是「外小說」，即都是在傳統小說的範圍或秩序之外去考慮問題。對於現代小說來說，傳統小說所謂的反映現實，其實反映的只是被規定化或理想化了的現實。大概正因為契訶夫這樣寫，所以羅伯-格里耶才那樣寫。就像他在講完有關《包法利夫人》的那段話之後講的：

應該說，對這頂帽子進行一層，二層，三層……連續層次的描寫，就是現在新小說的描寫。讀者得到的是一個看不見也無法想像的怪物，它超出了上下文意義的需要。

這與我設想的那樣一支沒有射擊的槍或許正是一碼事罷。

一九九八年十月二十四日

局外人與局

俗話說：「當局者迷，旁觀者清。」這乃是從旁觀者立場講的，若當局者未必覺得自己迷也。世間萬事莫不是個局，什麼意義都是要有前提的，否則萬事皆休，意義一概成了無意義。所以最怕就是局外人，他最好緘口不言，一說便都成了消解。消解現在是時髦話，恐怕只有這裏才道著要害所在。建構總是單方向的，最多只能加上與之針鋒相對的那個方向；而消解是無限的。也就是說，局外人幾乎可以站在任何立場說話。安徒生有篇〈國王的新衣〉家喻戶曉，裏面最終講出「可是他什麼衣服也沒有穿呀」的小孩子就是一個局外人，他消解了皇帝、裁縫和老百姓們共同構築的局。局外人不承認前提，他拒絕進那局裏去，局對他也就不成立。

《現代漢語詞典》裏關於「局」的釋義，一個是「形勢、情況、處境」，另一個是「圈套」，正代表了局內局外兩種人的眼光。我們來舉個例子。廢名是現代小說名家，有不少佳作行世，然而有一天他說：「如果要我寫文章，我只能寫散文，決不會再寫小說。所以有朋友要我寫小說，可謂不知我者了，雖然我心裏很感謝他的誠意。」（〈散文〉）這是怎麼回事呢。後來我看知堂翁的《立春以前》，〈明治文學之追憶〉一篇引述他的話說：

「我從前寫小說，現在則不喜歡寫小說，因為小說一方面也要真實——真實乃親切，一方面又要結構，結構便近於一個騙局，在這些上面費了心思，文章乃更難得親切了。」

周氏自己則說：

我讀小說大抵是當做文章去看，所以有些不大像小說的，隨筆風的小說，我倒頗覺得有意思，其有結構有波瀾的，彷彿是依照著美國版的小說作法而做出來的東西，反有點不耐煩看，似乎是安排下好的西洋景來等我們去做呆鳥，看了歡喜得出神。

雖然或許有人要說作為小說作者，廢名未免神經過敏；作為小說讀者，周氏未免口味偏嗜，我還是覺得一徒一師的話都有意思，因為他們雖然只是談一己感受，卻涉及到小說乃至一切虛構藝術的實質。敢情這也是個局。作者寫作和讀者閱讀之前，雙方原本有所約定，或者說是默契，即都要信以為真。雖然都知道是「圈套」，但是彼此誰也不能捅破這層窗戶紙，一定要當它是「形勢、情況、處境」。一方面放心去騙人，另一方面則甘心受人騙，此一契約關係決定著小說乃至一切虛構藝術之所以成立，對這一點如果膩煩了，像苦雨齋師徒這樣，由當局者轉而為局外人，一切就都失去效用。廢名不想再當小說作者，周氏不想再當小說讀者，小說對於他們就算是完了。在某種意義上他們都是〈國王的新衣〉裏講真話的小孩子一流角色。

這當然與小說寫得怎麼樣有關係，卻並非根本問題，因為那還都是第二義。小說藝術再高明，也只是虛構範圍之內的完滿，如果我們置身虛構之外去看它，則與藝術不夠高明者同歸於僅僅是虛構而已。不先接受了這個前提，藝術云云就談不上。根本問題在於小說乃至一切虛構藝術不允許你完全置身局外。

但是要說這裏師徒倆是一語道破天機卻也未必，因為這一點恐怕自打世界上開始有虛構藝術大家就已經清楚了，只是心甘情願如此，需要一種「騙局」的「親切」，或者「親切」的「騙局」，他們樂得做「呆鳥」，一心要「看了歡喜得出神」。周氏那樣的讀者究竟不多，廢名那樣的作者更在少數，所以小說等依舊有人來寫，有人來讀。即使是〈國王的新衣〉，小孩子破了一個局，他畢竟還在另一個由作者安徒生所布的局中。後來卡繆寫《局外人》，作者相當於就是這小孩子本人，然而這篇小說也還是個局。而且話說回來，把「圈套」想成是「形勢、情況、處境」有多麼難，把「形勢、情況、處境」看穿為「圈套」還不容易，是乃消解一派實在煞風景之至也。周氏也好，廢名也好，和那個小孩子一樣，未免都有些多嘴了罷。

一九九九年六月九日

有關「可能發生的事」

我在《畫廊故事》中寫道：「在我看來，作為行為藝術家的達利在公眾面前成就了畫家達利，但是在畫家和美術評論家心中損毀了畫家達利。」這不過是陳述事實而已，所以自己大可安心。昨天晚上卻忽然想到，那麼他的自傳怎麼辦呢。當然對於畫家達利來說，寫作也是行為藝術之一種，他在書中不厭其煩的自我標榜，可能惹得一些人迷醉，同時招致一些人厭惡；然而寫作這一行為卻另外成就了一個作家達利，這或許是大家始料不及的。對於一向認為自己無論做什麼都是成就的達利來說，又應該是在意料之中。反正達利永遠是不可規範的，他所崇奉的超現實主義的真諦即在這裏，而達利尤其如此。

《達利的秘密生活》（一九四二）和《一個天才的日記》（一九六四）是兩本行跡可疑的自傳，因為我們實在難以相信他寫的事情都是真的。然而達利這樣一個人，又怎麼可能一五一十地報告自己的經歷呢。不是說他做不到，是他不願意這麼做。這裏作家達利的態度以及才具，大概可以與畫家達利相提並論。達利的繪畫具有超乎尋常的技巧功底；談論他的文字表現手段則應該小心一點兒，因為所讀的是譯文，不像繪畫，到底看過一些原作。但是有些東西經過翻譯或許不會有太多損失，譬如說他的幻想。達利作為畫家和作為作家，都有著近乎瘋狂的奇特想像力，為大多數畫家和作家所望塵莫及。這裏要解釋一下，前面說他寫的不真實，其實古往今來恐怕沒有一本自傳能夠真正做到這一點，就連歌德還把他的書取名為《詩與真》呢。但是達利不在這個系統之內，因為幻想原本不同於一般虛構。歌德式的虛構旨在仿真，而達利式的幻想是要另外創造一個世界。《達利的秘密生活》等與其說是在記錄達利，不如說是在創造達利。我倒寧肯把它們和《小徑分叉的花園》和《百年孤獨》這類作品放到一起，而且說實話《達利的秘密生活》給我的閱讀愉悅並不亞於《百年孤獨》。

我的朋友賈曉偉說過：「達利為創造一個虛無中的達利，幾乎忙了一生。」(《圖像與溶解》)然而對達利來說，我們看做虛無的反而是真實的；他壓根兒沒打算向我們展示那個不在虛無中的達利——或許他認為那根本就是不存在的。從另外一個角度看，達利的書無論如何也是他的精神歷程的記錄，而這對於我們更真切地瞭解畫家達利，以及其所歸屬的超現實主義畫派，都不無裨益。說實話我並不覺得達利是這一派中最偉大的一位（這種話其實沒有什麼意思），他也不是我最喜歡的一位，尤其後期的畫，常有一種虛偽的、讓人生厭的「神聖」氣息。但是在他筆下，我看到了甚至比布荷東更為準確的對於超現實主義精神的描述。他說：「原則上，我反對一切。……要我回答『白』，別人只需說『黑』就夠了，要我吐唾沫，別人只需尊敬地鞠躬就夠了。」這可以說是一切超現實主義畫家的出發點罷，然而也僅僅是個出發點而已，最終使得他們有所成就（用「成就」一詞來形容這些畫家未免有些滑稽，可是我們有什麼別的詞可用呢）的還是想像力的極致發揮，這才真正是無所拘束的。「不」僅僅是與「是」相反的方向，最終不過是另一種「是」而已；而超現實主義的「不」有無數方向，無論哪一個方向，首先排斥的是來自前述「是」與「不」的既定。這樣它就始終是鮮活的。達利有番話，足以讓我們體會箇中意味：

「我無法理解人竟然那麼不會幻想；公共汽車司機竟然不會不時地想撞破商店的玻

璃櫥窗，迅速搶一些送給家人的禮品。我不理解，也無法理解抽水馬桶製造商竟然不會在他們的器皿中放一些人們拉動拉鏈就會爆炸的炸彈。我不理解為何所有浴缸全是一個形狀；為何人們不發明一些比別的汽車更昂貴的汽車，這些汽車內有個人造雨裝置，能迫使乘客在外面天晴時穿上雨衣。我不理解我點一份烤鰲蝦時，為何不給我端來一個煎得很老的電話機；為何人們冰鎮香檳酒，卻不冰鎮總是那麼溫熱發粘的電話聽筒，它們在堆滿冰塊的桶裏定會舒服得多。……」

這才是達利的世界，達利創造的達利是這裏的君王。現實世界與這個世界如此不能相得，使他不免感歎：「我總在想，可能發生的事一點兒也沒發生。」他因此對於在他之前從沒有畫家想到畫一只「軟錶」覺得驚異不解。從某種意義上講，達利的自傳與他的畫都是他頭腦中的「可能發生的事」，而他的「可能」正是我們的「不可能」。作為自傳主人公的達利，與他畫中的呈現為「軟錶」的時間和呈現為撕扯自己的巨人的西班牙等，其實具有同一性質。面對稿紙和面對畫布，一樣由得他浮想聯翩，他也可以多少運用他那有名的「偏執狂批評方法」。

達利說：「我一生中，事實上一直難於習慣我接近的在世上非常普遍的那些人令我困惑的『正常狀態』。」達利式的幻想的本質在於拒絕一切前提。手邊有一本《達利談話錄》，雖然不是出自他的手筆，但是說得上是可與《達利的秘密生活》媲美的書。有趣的是採訪者總希望能夠進入「正題」，也一再試圖引導達利，然而他始終海闊天空，胡扯一氣，採訪者終於忍不住說：「你這種迷人的折磨要持續多久？」這大概是另外一句可以概括達利的書（以及他的畫）的話了。「迷人的折磨」，也道盡了達利的全部魅力。順便說一句，前些時在雜誌上看到一種說法：對現代西方藝術和美學而言，美已不再是藝術家園的主人，它為一個僭主——想像或創造所取代。我不知道這裏所說的美是否真的存在過；即便存在過，我也敢斷言那並不是真正的美。想像或創造本身就是美。無論對美還是對想像或創造加以限定，都是人類自己的損失。達利的自傳如同他的繪畫，給我的觀點提供了充分的佐證。

二〇〇〇年七月二十日

現代繪畫與我

我見過莫內晚年的一張照片，畫家站在他的大幅畫作《睡蓮》（一九一四－二六年）前面，手裏舉著調色板，似乎滿眼都是迷惘。老畫家這時已經功成名就，但是約翰・雷華德《印象畫派史》說：

> 正像安格爾一樣，他死的時候，是他所體現的思想早已過時的時候。莫內是印象派畫家中第一個成功的人，是親眼看到印象派真正勝利的唯一的印象派畫家，他活著親身感受他的孤立，當他看到許多年才實現的幻想被年輕一代十分激烈地加以攻擊的時候，他一定會感到一些痛苦的。

其實印象派中也並非莫內一人落入此種境遇，《西方藝術史》說：

竇加、莫內以及雷諾瓦卻都是特別地長壽——一直活到馬諦斯和畢卡索創作旺盛時期。至少從歷史上講，他們都從杜象那「暗號性的」作品《泉》中看到了一種清醒重大的想法。

我們曾經慨歎於另外一些印象派畫家如莫里索、西斯萊，特別是弗里德里克・巴齊耶死得太早，來不及享受自己事業的最終成功；當然與此類似的情況還有更為大家熟識的梵谷和高更，他們身後的巨大榮譽與他們本人的不幸經歷形成了鮮明對照。但是對莫內以及稍早於他辭世的竇加和雷諾瓦來說，「特別地長壽」似乎成為一種缺憾。這個事實近乎殘酷：現代繪畫確實變化快得讓人難以接受，甚至畫家們都來不及退場就看見自己當初的創新已經變成落後了。這是一部創始者與終結者聚集一堂的有點兒怪誕的歷史。我們可以在莫內和雷諾瓦最後階段的繪畫裏發現他們對風格的特別強調和發揮，似乎也是有意與所處時代相抗衡，這無疑構成他們一生成就的一部分，但是對那一時期的藝術史來說則未必有多大意義，他們畢竟已經過時了。

在我們涉及到的這一段歷史裏，此後還有不少類似這樣的畫家。一方面，不管以名計抑或以利計他們都是成功者；另一方面，還有漫長的餘生不知該怎麼渡過。與前輩們比起來，他們不過是成功得相對順利一些罷了。似乎現代藝術史上大部分的困厄都讓印象派和後印象派畫家代為領受了。較之後來的那些破壞者如畢卡索、杜象等，無論如何他們當中的大多數都是些「好人」，甚至想要帶著自己的特色加入傳統，就連其中最「壞」的塞尚也還一直渴望能被官方沙龍所接受呢。傳統對待他們實在過於嚴酷了。而傳統也在與他們的長期對峙中耗光了元氣，以後遇見真的充滿惡意的對手反而不堪一擊。印象派畫家所關心的「光」與「色」現在看來似乎只是一點改變，但是改變一點也就意味將要連帶著改變一切。看著莫內那張不能讓人感到愉快的照片，我疑心他或許在想：憑什麼你們就這麼容易呢。Morin談到印象派和後印象派苦苦挨過的十九世紀後半葉時說：「我恨死了那個時代。」這正好與斯蒂芬．茨威格在《昨日的世界》中對那一時期的追慕和懷想成為對比，但是我們實在難以接受當初梵谷絕望自盡、高更抑鬱而終這類事實。《現代繪畫辭典》關於高更說過一段話，似乎也與茨威格的意見相左：

事實上，他的一生難道不就是一種長期的折磨嗎？他的妻子、同事、朋友、畫商、殖民官員和整個社會似乎在合謀，以造成他的失敗，以殺害這個具有畫家缺點的人。他並非甘心地被不懷好意的同代人視為一個餓肚子的流浪漢，一個無恥的逃兵，而他敗壞的歷史恰恰又是他藝術的成功之路。

但是在我們所知道的範圍，現代藝術史畢竟還是讓包括高更在內的一批最有才華的畫家得以充分展現才華的時期。代價是一回事，成果是另一回事。的確相對於很多畫家活得太長，另外一些畫家活得太短，不過我感到這個長短似乎僅僅涉及他們親眼看到自己的成功與否，而對他們藝術上的成就並沒有構成尋常想像的那種障礙。梵谷和莫迪里亞尼就人生而言都是不幸的，就藝術而言卻很難指出他們在什麼地方尚且有待於完善的。秀拉一共只活到三十一歲，在這個年齡馬諦斯幾乎全無業績，然而馬諦斯以後有足夠的時間慢慢兒地成就自己，秀拉則已經把一生所要做的都做完了，實在無法想像他還能畫出比《大傑島的星期天上午》更加完美的作品。最終秀拉和馬諦斯作為藝術家都達到盡善盡美的程度。

現代藝術史像一塊從懸崖滾落的巨石，速度越來越快；而印象派和後印象派是把巨石推上懸崖的人。大概正因為歷史不在某處過久停留，絕大多數畫家都足以完成他們具體的貢獻。問題倒是在另一方面，即前述莫內等人所面臨的那種困境。這個似乎只有畢卡索多少能夠避免。雖然評論家對他的後期成就亦有微辭，但是不能不承認他有太大的創造力使得他不斷變化風格，形成自己若干不同時期，從而始終努力走在時代的前列。我並不特別喜歡畢卡索，但是非常欽佩他，在現代藝術史上，若論創造力他到底還是佔據第一位的。當然更具啟發性的是杜象，羅伯特・馬塞韋爾說得好：

當畢卡索被問到什麼是藝術的時候，他立刻想到的是：「什麼不是藝術？」畢卡索作為一個畫家，要的是界線。而杜象作為一個「反藝術家」恰恰不要界線。從他們各自的立場來看，彼此都不妨認為對方是兒戲。採取他們兩人的任何一個立場，就成了一九一四年也就是第一次世界大戰以來藝術史的重要內容。

他談到「立場」，畢卡索的立場與印象派乃至更早的畫家們並無二致，這本身就意味著一種歷史的困境，而他只不過是在此立場上試圖解決他們所未能解決的問題而已；杜象才是提供一個新的立場因而真正解決了這一問題的人。然而杜象是惟一的，也就是說他絕對不可能被仿效，所以並不一了百了地替同時以及此後的畫家們解決他們所面對的問題。還是那句話，杜象最大的意義在於他的啟發性。

皮埃爾・卡巴內在採訪杜象時提到「不守法的使者」，我想對一個真正的現代藝術家來說，這是最有概括性的話了。在那本談話錄中，杜象說：

一九一二年有一件意外的事，給了我一個所謂的「契機」。當我把《下樓的裸女》送到獨立沙龍去的時候，他們在開幕前退給了我。這樣一個當時最為先進的團體，某些人會有一種近似害怕的疑慮！像格雷茲，從任何方面看都是極有才智的人，卻發現這張裸體畫不在他們所劃定的範圍內。那時立體主義不過才流行了兩三年，他們已經有了清楚明確的界線了，已經可以預計該做什麼了，這是一種多麼天真的愚蠢。這件事使我冷靜了。

他道出了自己畢生追求的真諦，也讓我們明白他對整個現代藝術的最大貢獻究竟是在哪裏。對杜象來說，根本不存在任何既定模式，真正有生命的藝術永遠是不合規範的，否則它就死了。杜象畫《大玻璃》至少有一個意義就是像他指出的：「它是對所有美學的『否定』。」同樣從這一立場——實際上他是超越了所有立場——出發，他為被評論家和超現實主義者斥責為「作品和畫家本人良知突然黯淡無光」了的基里柯辯護。杜象說：「他的崇拜者無法追隨他，於是便斷言基里柯的第二種樣式喪失了第一種樣式的生命力。不過，我們的後代也許會發言的。」

我們盡可以不喜歡基里柯後來的畫作，但是問題不在這裏，而在於布荷東等人死死認定他必須要畫什麼和必須不畫什麼，這就意味著超現實主義也有一種既定模式存在。其實畫家改變風格之舉本身無可非議，他可以不受約束地放棄任何東西，就像杜象本人放棄繪畫一樣。現代藝術史上根本不存在任何契約關係。據說達利生前曾在約三十五萬張空白畫紙上簽了自己的名字，專門留待後人造假，也當被理解為是對「界線」表示蔑視。我甚至認為基里柯的一意孤行未必不是對布荷東等人指責的反應。「基里柯除了不承認他的早期『形而上』風格與自己有任何關係並製造複製品外，他還宣布一九一八年以前的形而上繪畫原作本身都是一些『贗品』。令人吃驚的是，那些超現實主義者竟然不欣賞這些出自被他們擁立為第一位超現實主義者之口的後達達形式語言。」（吉姆・萊文：《超越現代主義》）預先規定「不許如何」，似乎與超現實主義崇尚無限自由的主旨最相違背。以後布荷東也是基於同一思路開除達利等人的，這實際上還是以舊的精神去從事新的創造，在我的印象中，布荷東很像是古代的一位純潔的騎士。而杜象讓我們意識到，其實對待藝術的態度本身就是藝術。

現代藝術史與以往的藝術史有所不同，它實際上不僅僅是藝術的歷史，而且也是與藝術相關的一切，特別是製造藝術的那個人的經歷的歷史。現代大眾傳播媒介使得非純藝術因素越來越處於重要的位置。我舉一個例子。去年夏天羅馬現代博物館曾經失竊，此間電視臺報道說，丟失了梵谷等人的作品。我查看報紙發現，這個「等人」乃是塞尚。原來塞尚已經被歸到「梵谷等人」裏去了。然而這也是情有可原的。在一般受眾心目中，梵谷無論是魅力還是名聲都已經比塞尚要高得多；至於藝術史上的地位，那是另外一回事了。我也常常想古往今來畫家多了，何以單單梵谷這麼出名呢。當然他的畫畫得好，這是無庸置疑的，但是畫得好的畫家，甚至比梵谷畫得還好的畫家也不乏其人，所以這並不是惟一的理由。大概除了繪畫成就很大之外，梵谷的影響還得力於另外兩方面，即經歷非凡和在情感上能被大多數人認同。《西方現代藝術》說：

一般對繪畫知之不多的人們，都知道並能回想起他的繪畫來，在某種程度上，他的聲望跟他常常痛苦地表現波希米亞題材有關。至於他本人和他那特別不尋常的生活，則如傳奇一般。這樣，撇開他的藝術不談，僅僅就其生活而言，就足以稱得上是奇妙而又迷人了。遺憾的是，他的生活像個謎，人們在這方面瞭解甚少，從而使對其藝術的瞭解和研究也變得困難起來。

雖然這種情況並非例外，但仍需我們持一種審慎的態度。因為，無論他的生活如何令人費解，終究不能等同於他的藝術。換句話說，完全不瞭解他的生活，並不等於就不瞭解他的繪畫。危險在於，我們在尋找他的藝術特徵時，這特徵往往產生於我們對其生活的瞭解，雖然可能確實存在著這些特徵，但也有可能是我們強加於其作品之上的。

問題在於時至今日，我們已經無法從對梵谷的總的印象裏抽掉對他生活的印象而單單留下對他藝術的印象，已經無法忘記他那諸如割下自己耳朵以及最後絕望地自殺這類經歷了。雖然這對於梵谷來說未必就是公正的，因為他的生活經歷之於他本人可以說是幾無任何快樂可言。但是在這裏行為已經成為藝術，而軼事顯然比學者們的評價要更有份量。

和梵谷比起來，塞尚好像沒有什麼特別的事情可以作為談資的；另外他情感上的近乎冷酷恐怕也使得大家要遠離他而去。現代藝術史上一向有兩個路數，其一是有情的，其一是無情的，毫無疑問後者應該更是主流的方向，一般受眾卻未必接受得了。梵谷是熱情的，但是他的熱情並不像後來蘇丁等那樣過分，他到底是個正常人，熱情保持在可以被大家接受的程度。如果太強烈了，就又產生抵觸。梵谷生活和藝術中的底層意識和苦難意識，也有助於他被大多數人所認同。梵谷被同情，被熱愛，而後被景仰，他是咱們凡人的聖人。塞尚則僅僅是一位偉大的畫家。雖然我還是認為塞尚的確是要比梵谷更偉大一點兒的。

前引《西方現代藝術》所說「他的生活像個謎，人們在這方面瞭解甚少」的話，似乎是對一般自認為懂得畫家生涯的人的提醒。的確我們很容易只知其一不知其二，甚至被自己先入為主的認識所誤導，以致對畫家創作傾向和作品的看法都成了偏見了。高更大概是更為顯明的例子。我覺得里德在《現代藝術哲學》中有關說法可能更合理些，當然這絲毫不會降低高更及其藝術在我們心目中的地位：

他的餘生與其應該解釋為逃避文明，不如說是絕望地尋求最低可能的生活費用。他到布列塔尼去，不是因為他愛那裏的鄉土和海濱，而是因為他聽說，住在阿旺橋鎮的瑪麗．讓娜．格拉納旅館裏，一個人一個月只需兩三鎊即可生活。當他發現靠繪畫連這樣少量的錢都掙不來時，他開始想到了那些食物長在樹上，甚至衣服亦非必需品的熱帶島嶼。

溫迪．貝克特嬤嬤在《繪畫的故事》裏指出：「很少有畫家像梵谷那樣對自畫像深感興趣。」然而是否還有這樣的原因，即梵谷讓自己充當模特兒，從而用不著付那筆費用了呢，——多半他根本就沒錢可付。這一揣測並不妨礙我們認同溫迪嬤嬤對梵谷自畫像價值的判斷：它們「以其純粹與真實感而獲得了無法抗拒的感染力」。梵谷畫向日葵，畫皮鞋，畫妓女，等等，我猜想也有類似這種「不得不如此」的理由，如同高更移居塔希提島一樣。我們不要想得太複雜了。

以上都是我閱讀現代藝術史時胡亂想到的，不用說即使不算謬誤，也一定很膚淺。

但是我實在是一個喜歡看畫的人。我覺得就「現代性」而言，一百多年來在繪畫中比在文學中表現得更為全面，也更為徹底。此外繪畫較之文字比較容易被我們直接接受，無須經過嚼飯哺人似的翻譯，也是一種便利；當然如果是看印得差勁的畫冊，那麼被誤導將是有過於看翻譯作品了。不管怎麼說，我在藝術觀念上獲益於現代繪畫的地方確實很多。這回清理一下自己在這方面的愛好，覺得塞尚、高更、梵谷和秀拉，都是真正打通了古今的大師。如果單說本世紀的畫家，則我最喜歡的可以分作三個層面，其一是表現主義，如孟克、路阿、蘇丁等；其二是超現實主義，如基里柯、馬格利特、德爾沃等；其三也就是最高程度上的，是杜象。

一九九九年十月一日

談抄書

這裏抄書也就是引文的意思。引文較多，有人看不慣，遂貶之曰抄書。這是個老話題，從前就有「文抄公」的說法，特指周作人。被批評者曾辯解道：「但是不佞之抄卻亦不易，夫天下之書多矣，不能一一抄之，則自然只能選取其一二，又從而錄取其一二而已，此乃甚難事也。」（《苦竹雜記・後記》）多年後重提舊話，又說：「沒有意見怎麼抄法，如關於《遊山日記》或傅青主，都是褒貶顯然，不過我不願意直說。」（一九六五年四月二十一日致鮑耀明）隨著研究逐漸深入，大概不被看做缺點了，更有論家視之為獨特的文體，認定在其畢生創作中成就最大。但是好像還是特例，引文多亦即抄書仍然時時遭受非議。

從前引知堂翁的話看，抄書並不像大家想得那麼簡單，其中必然有所選擇，進而又涉及引用者的眼光和傾向。這可以理解為是他所採用的一種間接的表述方式，即「不願意直說」。引用者隱身於被引用者背後，借助別人的聲音講出自己的意見。這有賴於引用者與被引用者之間一種心心相印的契合，他在發現別人的同時也發現了自己。周氏在談到何以將譯文收入自己文集時講過一番話，可以拿過來說抄書：「文字本是由我經手，意思則是我所喜歡的，要想而想不到，欲說而說不出的東西，固然並不想霸占，覺得未始不可借用。」(《永日集・序》) 然而引用者應該領先於至少大多數人知道被引用者的存在，通常所謂發現的意義即在於此；所以非博覽群書者不能為之。在此基礎之上，再來談抄書有無眼光，乃至傾向如何。而如果沒有眼光與傾向，則成了掉書袋了。這樣抄書，實際上是一種含蓄的寫法。不過含蓄未必真正合乎多數讀者的閱讀習慣，結果引用者隱而不見，大家眼裏只有被引用者，所以要提出質疑了。

正是上述「借用」說法招來了批評：你為什麼不另外講自己的話呢。這種批評有個前提，即講自己的話非常容易。恐怕並非如此，「日光之下無新事」。往往我們以為講的是自己的話，其實不過在重複別人已經說過的意思。抄書與之的區別，不過其一指明本主，其一有意無意地據為己有罷了。但是揭示這一點，可以用以否定對抄書的否定，卻不能因此肯定抄書。問題很簡單，既然別人都講過了，我們難道不能不講話麼。所以抄書還應該有別的道理。

胡適曾說：「有什麼話，說什麼話；話怎麼說，就怎麼說。」（《胡適文存・建設的文學革命論》）我覺得關於白話散文的寫作，迄今還沒有比這更精闢的意見。這裏我最感興趣的，是他把寫文章與說話聯繫起來。的確我們寫文章就像是說話。不同的人有不同的說話習慣，有人喜歡自言自語，有人喜歡與人交談。區別在於前者自創語境，是主動式的；後者則沿用別人的語境，是被動式的，而這與是否能夠說出真正的見解並無關係。抄書有一點兒像後者。可以把這路文章看做引用者與被引用者之間的一場交談。關鍵在於抄了別人的話之後，自己究竟說些什麼。如果僅僅是表示贊同，旨在做一介紹，那我們真可以稱之為抄書了；如果加以引申，發揮，修正，乃至消解，那麼這就是自己的意見，所引用的話也就不能純粹被看作引文，該說是不可或缺，融為一體了。這是對前引周氏說法的補充，而他的文章特色之一正在這裏。真有見解的話，也就不拘引文之生熟，自可化腐朽為神奇，那麼引用者未必非要領先於別人知道被引用者的存在，他找到一個由頭足以發現自己就行了。

這也涉及文章的技巧問題。引文常常不是針對讀者，而是針對作者自己的。與人交談較之自言自語，總歸要顯得客氣一點兒。文章之高下，衡量尺度之一在於作者的態度。而客氣之於文章，無論如何也是一種好的態度。如果見識不差，又何必急忙開口，不妨略為克制，聽聽別人的想法再說。此外還與節奏有關。文章中多幾種聲音，有所變化，讀來似乎舒服一些。一個人從頭說到底，文章容易過緊過密，板結凝滯；適當穿插一點引文，也就和緩疏散開來了，此之謂「文武之道，一張一弛」。當然這只是有關技巧之一種，並不是什麼模式，文章寫法多了，不能生搬硬套。

二〇〇〇年五月十四日

關於標點符號

前兩天揚之水來電話，說她的一部稿子，被編輯無端添加好些歎號和問號，因此大為煩惱云。我覺得這倒很好玩，因為平日也不喜歡這兩種符號，特別是歎號，我根本不用。我是業餘寫作，尚屬初學，產量很少，談不上什麼風格；但是倘若硬要派個特點，那麼就在這裏了。記得編《廢名文集》時，發現他也有這個習慣，並且還曾在〈隨筆〉一篇中鄭重其事宣布出來。我承認作文有私淑廢名之意，但是這一點卻不是學他，我一早兒就討厭這個符號了。這可以說是「不謀而合」，揚之水也包括在內。平時看書，遇見「！」總有些打眼，尤其是覺得可以不用而被濫用的時候。舉一個例，我一向佩服李長之見解獨特，但是讀他的《司馬遷之人格與風格》，歎號實在太多，好像連同文筆都帶壞了。

這裏要聲明一句，中文我只學到高中畢業為止；對於標點符號，我的知識實在有限。我不清楚是否有人寫過「標點符號史」之類文章，如果有的話，倒是很想一讀，希望弄明白歎號、問號之類，到底什麼時候開始在漢語中應用。手邊有周氏兄弟《域外小說集》的翻印本，「略例」云：「『！』表大聲，『？』表問難，近已習見，不俟詮釋。」可見由來已久。而我的一點抵觸情緒，正與這裏所說有關。我們寫文章，原本不是供人朗誦的，假如非念不可，也絕對無需什麼語氣，更別提大聲了。查《現代漢語詞典》「歎號」一條：「表示一個感歎句完了。」再查「感歎句」：「帶有濃厚感情的句子，如：『唉喲！』、『好哇！』、『喲！你也來了！』在書面上，感歎句末用歎號。」《辭海》關於「感歎號」則說：「表示一句感情強烈的話完了之後的停頓。」那麼首先有個分寸問題，「感情」不夠「濃厚」不夠「強烈」者顯然就用不著使用歎號了；此外，即便是「帶有濃厚感情的句子」或「感情強烈的話」，本身也有區別。「濃厚感情」或「感情強烈」究竟是指表現而言，還是指內涵而言；表現與內涵可以一致，也可以相反。感情內涵濃厚強烈表現也濃厚強烈，內涵不濃厚強烈表現卻濃厚強烈，只有這兩種情況，才用得著歎號；如果內涵濃厚強烈，表現克制含蓄，就不應該使用歎號。反過來說，不用歎號，作者未必沒有感情，感情也未必不濃厚強烈。

漢語語法對此有沒有別的說明，一時不及查考。根據閱讀經驗，有關規範好像並不那麼嚴格。歎號往往是可用可不用；替代以句號，也無不可。更多時候是個技巧問題。所以沒有必要特別反對，也沒有必要特別贊同，全在乎作者自己的把握。有人喜歡宣洩，有人愛好沉靜；有人動輒大聲，有人習慣緘默，宣洩與沉靜，大聲與緘默，其間並無高下之分，都是人類情感的表現方式。只是情感這個東西，先要存在才談得上表現；借助表現未必能夠有所添加，而適得其反的情況倒是常有的。至於讀者方面，願意有何種交流，更不可強求了。無論如何，情感不是只有一種表現方式，也不是只有一種體驗方式。

關於感歎句，《辭海》多一層意思：「句子裏有的用代詞『多麼』、『這麼』之類，有的用助詞『啊』、『呀』之類，有的不用。」所說也不夠完全，無論哪種情況，都可以不用歎號。「多麼」、「這麼」也好，「啊」、「呀」也好，可能隱含著對末尾那個歎號的呼喚，但是呼喚不一定非得答應；不用歎號，也許正是相反相成呢。有時句號比歎號更有感歎效果，而歎號反而起到破壞作用。

問號的情況比較複雜。《現代漢語詞典》解釋「問號」：「表示疑問句末尾的停頓。」

解釋「疑問句」：「提出問題的句子，如『誰來了？』『你願意不願意去？』『你是去呢還是不去？』『我們坐火車去嗎？』在書面上，疑問句後邊用問號。」《辭海》則明確一併包括「疑問或反詰」在內。似乎是非用不可了。但是這裏沒有考慮「提出問題」是否一定需要回答；還有程度或火候的不同，也未曾加以區別。我們寫文章，一句話的意思，往往要落實於細微之處。「？」如同「！」，不知怎的，總有咄咄逼人之感。我把這個想法告訴揚之水，她補充道，有時是借助疑問句式來表述輕微的感歎，並沒有質問之意，好像使用問號並不對頭。另外說一句，省略號我也不大願意用，尤其在篇末，覺得很裝模作樣，談不上什麼意猶未盡。

二〇〇〇年五月六日

自己的文章

做文章最容易犯的毛病其一便是作態，犯時文章就壞了。我看有些文章本來並不壞的，他有意思要說，有詞句足用，原可好好的寫出來，不過這裏卻有一個難關。文章是個人所寫，對手卻是多數人，所以這與演說相近，而演說更與做戲相差不遠。……文人在書房裏寫文章，心目卻全注在看官身上，結果寫出來的儘管應有盡有，卻只缺少其所本有耳。

十來年前開始讀周作人的書，從《自己的園地》到《知堂回想錄》讀了不止一遍，最後歸結為《知堂乙酉文編・談文章》裏這樣一個意思，我對於文章之事才算真正有所悟得，用禪和子的話形容就是「如桶底子脫」。我們講到寫文章，從語言手法直到主題結構，說的總是不差，但如若像這裏指出的作者態度一項不對，那麼一切適得其反也未可知。因為「缺少其所本有」，全都成了製造效果的手段了；而作者在寫作時本來應該是非對象化的，或者說是間離的，他把文章寫出來之後才拿給讀者去看。散文這一文體的真正價值在於它的自然狀態，所有形式方面的追求僅僅是以其自身達到完美為終極目的。在這個前提下，作者才有可能真實地表述他的思想，抒發他的感情，描摹他的所見所聞。這個話說出來很簡單，但卻是對散文的一種本質性的認識，我正是由此建立了屬於自己的散文美學觀念。拿這副眼光去看古今中外的文章，凡是渲染，夸飾，做作，有意要去打動人，感染人，煽動讀者情緒或興致的，一概就沒有好的。而周氏所謂「作態」，於遣詞造句，標點換行，布局謀篇諸方面，無不可以有所體現。明白文章這樣寫不好，那麼也就知道怎麼寫才有可能是好的；從這個意義上講，我寫散文受到周氏的影響為最大。我想至少「周作人散文」這個題目，我是讀通了的；在這方面下過很多功夫之後，我大約可以說是知道他的文章好處的一人了。

當然天底下好文章並不只此一家，回過頭來從先秦、魏晉、晚明、五四一直讀到同輩人所作，以及歐美和日本散文的譯本，讓我喜歡的就有很多。而前述周氏關於散文的看法，早在《論語》中已經能找到依據，即所謂「辭達而已矣」，這可以說是中國文章好的傳統，只不過一向不大被人留心就是了。前年應邀編輯中國現代文史方面有文學色彩的論文亦即美文的選本，弄完後不了了之；但是我因此得以把這種文章讀了幾百萬字，獲益乃出乎意料之外。關於散文我從小所讀多是五六十年代那批抒情之作，大概除了「像煞有介事」也就別無什麼內容，我是中過這個毒的，所以一旦明白過來就很討厭這一路文字。然而後來我讀敘事散文和隨筆，發現也往往難得自然本色，原因在於作者寫這些文章時所取的態度與寫抒情散文其實是一樣的。倒是那些論文真正是實實在在地說出一己之所得，並不指望讀者能時時起點什麼反應。這才是我理想中的文章寫法，所學直可供我受用一輩子的。其中最看重的是浦江清、孫楷第、顧隨等人的作品。在我看來，這些有文學色彩的論文亦即美文是理所當然地列在散文的範圍之內，其地位絕不低於抒情散文等。我並不是要在這裏比較文章樣式的高下，雖然一般說來內容愈是沒有份量就愈容易寫得作態；無拘什麼樣式，關鍵還在於怎樣去寫，或者乾脆說寫時抱有何等的態度。不過我是把實際風行至今的前述那種言之無物和濫抒情的東西看作是二十世紀中國散文史上的一次反動，我自己寫文章，頗有些自不量力地要對這反動再來反動它一下子。此外順便說一句，抒情散文裏通過情景描寫、意象運用和語言修飾製造的所謂詩意，我也不認為有什麼了不起的，不過是把文章寫得虛張聲勢而已，說穿了也還是一種作態罷。

我是醫生出身，文學上的一點所知全是憑著興趣自學的，所以覺得不好的即使名聲顯赫或者地位重要也只有敬謝不敏了。相反倒是歷來那些非正統和不規矩的文章比較能得我心一些，諸如詩話、詞話、語錄、筆記、題跋等，在我看來比《古文觀止》裏韓柳歐蘇輩所寫更說得上是真正的散文。在這方面，我以讀者的身分偶爾當當作者，作態的文章我讀來難受，我自己當然也就盡可能不去寫這種讓人難受的文章，也就是「己所不欲，勿施於人」。這可以說是我對自己寫作的頭一條要求了。我直到三十歲才開始寫文章，迄今為止並沒寫出多少，我想這與我沒有學過文科一樣不是值得遺憾的事。文學之外我別有工作，文學之內其實這也算不上是首要的事體，我不指望我的文章哪怕是在內容上能對於讀者起到什麼作用。這與我自己的思想也有關係，無須在此多談，我只想說我從來就不打算做一個啟蒙主義者，所以前面關於周作人說了很多，簡直是有點兒感謝他了，可我和他之間還是有著這樣根本的區別。如果一定要在文學史上找一個榜樣的話，我倒想舉出苦雨齋門下一位弟子，即二十到四十年代的廢名是也。廢名的成就需要另行專門總結，他的隨筆我是經常找出來讀的，真個是晶瑩剔透，而我更景仰的是他寫《橋》和《莫須有先生傳》時對待文學的那個純粹和義無反顧的態度。最近擬起手編輯《廢名文集》，做這件事老實說比我自己寫文章要有意思得多。

一九九七年十二月二十九日

三民叢刊好書推介

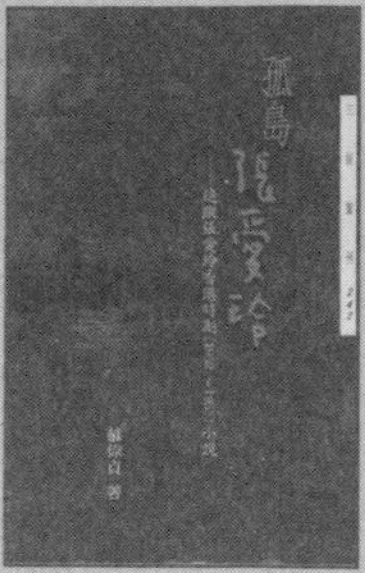

242 孤島張愛玲　蘇偉貞

張愛玲整個的生命就是從一座孤島到另一座孤島的漂流。她在香港這座孤島的創作，承續了大陸時期最鼎盛的創作力道，是轉型到美國時期的過渡階段。藉由作者的引導，帶您看看張愛玲這段時期小說的意涵及影響。

243 何其平凡　何凡

還記得那段玻璃墊上的日子嗎？在聯合報連續撰寫專欄逾三十年，何凡，以九十二歲的高齡，將這十年間陸續發表的文章集結成這本書。謙虛的他取其筆名的含意，將這本小書命名為「何其平凡」，獻給品味不凡的——您。

251 靜寂與哀愁　陳景容

畫家陳景容在本書中除了信手拈來的小品，更為您細數過去重要作品的點點滴滴，不論是濕壁畫、門諾醫院的嵌畫或是平日創作的版畫、油畫、彩瓷畫等，彷彿讓您親臨創作現場，一同見證藝術的誕生。

253 與書同在

韓　秀

臺灣一年有多少本書面世呢?三——○○○○以上，沒錯!四個零。面對書山書海，您是否有不知該如何選書的困擾?與書生活在一起的作家韓秀，提供給愛書朋友們一份私房閱讀書單，帶領讀者超越時空的藩籬，進入書的世界裡。

254 用心生活

簡　宛

生活之於你，是否已如喝一杯無味的水，只是吞嚥，激不起大腦任何感動；有人卻不如此。簡宛以一顆平實真摯的心，不斷地於生活中挖掘出新的滋味，記錄她對朋友的關懷，旅途上的見聞感想，對世事的領悟與真情的感動，與您分享。

255 食字癖者的札記

袁瓊瓊

當您闔上這本書前，眼角餘光還會掃到這一小塊文字，恭喜!您罹患了一種精神官能症——「食字癖」。發作初期會對文學莫名其妙地熱中，到了末期，則有不讀書會死的焦慮。此病無藥可醫，只能以無止盡的閱讀緩解症狀。這本書提供末期的您，啃食。

258 私閱讀

蘇偉貞

私之閱讀，閱讀之思。寫書、讀書、評書，與書生活在一起的「讀書人」——蘇偉貞，以獨特的觀點，在茫茫書海中取一瓢飲，提供您私房「讀」品，帶您窺伺文字與靈思的私密花園。

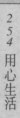

國家圖書館出版品預行編目資料

懷沙集／止庵著.－－初版一刷.－－臺北市；三民，
2003
面；　公分－－(三民叢刊；232)
參考書目

ISBN 957-14-3611-9　(平裝)

810

網路書店位址　http://www.sanmin.com.tw

© 懷　沙　集

著作人　止　庵
發行人　劉振強
著作財產權人　三民書局股份有限公司
臺北市復興北路386號
發行所　三民書局股份有限公司
地址／臺北市復興北路386號
電話／(02)25006600
郵撥／0009998-5
印刷所　三民書局股份有限公司
門市部　復北店／臺北市復興北路386號
重南店／臺北市重慶南路一段61號
初版一刷　2003年2月
編　號　S 810950
基本定價　肆　元
行政院新聞局登記證局版臺業字第〇二〇〇號

ISBN　957-14-3611-9　(平裝)